MÉTO

Couverture illustrée par Thomas Ehretsmann

ISBN : 978-2-74-850786-7

Yves Grevet

MÉTO

Tome 2

« L'Île »

SYROS

À Simon

CHAPITRE

I

Un carnage. Comme un match d'inche qu'on aurait laissé durer sans jamais intervenir, un combat jusqu'à la mort de tous les participants. Une immense mêlée, avec des cris terribles qui couvraient presque le bruit des balles. Puis la douleur qui m'a soudain foudroyé. J'ai vacillé sous le choc. Quelqu'un m'a violemment poussé dans un trou. Le passage était assez étroit pour freiner ma chute mais assez large pour que j'atteigne le fond. J'ai eu le réflexe de me protéger la tête avec les mains, mon corps a lourdement cogné le sol. Je me suis glissé à grand-peine dans l'étroit boyau pour tenter de ne plus entendre les hurlements de souffrance de mes camarades ou, peut-être, ceux de leurs victimes. Je ne voulais pas, mais un râle de douleur s'est échappé de ma bouche. En pleurant, j'ai entrepris de dénouer une partie du carapaçonnage de l'inche. Quand j'ai vu le trou béant sous ma poitrine, tout est devenu noir.

On m'a transporté car je ne reconnais pas les parois de ce que j'avais pris pour ma tombe. Je me trouve dans une grotte plus vaste. Les murs paraissent griffés d'une écriture inconnue. Une bougie brûle sur le sol, à quelques mètres de moi. Mon ventre grouille de vie. Des armées d'insectes semblent s'y livrer bataille. Leurs carapaces coupantes entaillent à chacun de leurs mouvements ma chair qui se défait. Je vais mourir peut-être. Je veux mourir. Je souffre trop.

Je ne suis pas seul. Quelqu'un se déplace dans la pénombre. Il est tellement voûté que ses mains effleurent le sol. Son corps est enveloppé d'une étoffe légère qui flotte autour de lui comme un drapeau. Il a les cheveux longs d'un gars qui aurait évité le rasoir pendant de longues années. J'appelle :

– Je suis réveillé ! Ohé ! Je voudrais boire, s'il vous plaît !

Le silence s'est de nouveau installé. Je suis sûr que l'inconnu m'observe, figé quelque part. Je recommence à appeler pendant plusieurs minutes, en vain. J'en viens à douter de l'avoir vu. Mes yeux me piquent, je sens que je sombre.

On m'a encore déplacé car maintenant je perçois un courant d'air frais. De nombreuses présences circulent autour de moi, mais restent à distance. J'entends des murmures et je voudrais ouvrir les yeux. C'est impossible ! Mes paupières semblent avoir été collées et, pour plus de sûreté peut-être, on m'a également bandé les yeux. En serrant le morceau de tissu, ils ont replié le haut de mon oreille droite. Effrayé, j'essaie de relever la tête mais je découvre que je suis attaché au niveau du cou. Si j'insiste, je vais m'étrangler. D'autres liens m'enserrent la poitrine, les chevilles et les poignets. Ma douleur au côté me taraude mais j'ai moins mal.

Je revois les images de l'assaut et les visages affolés de mes frères. Pourquoi ne sont-ils pas avec moi ? Peut-être que je les ai perdus à jamais et que je suis l'unique survivant du massacre, celui qui se sentira coupable de ne pas les avoir accompagnés jusqu'au bout, jusqu'à la mort.

Je n'en peux plus et je hurle :

– Je veux qu'on me parle ! Je veux voir !

Des bruits de pas se rapprochent, accompagnés d'odeurs fortes d'individus qui auraient oublié de se laver. L'un d'eux se penche sur moi. Je sens son souffle.

– Le petit Méto semble tiré d'affaire. Il faudra prévenir le Premier cercle.

– Et demander si on l'autorise à voir, ajoute le second.

Je ne reconnais pas leurs voix et me risque à les interroger :

– Qui êtes-vous ? Où sont mes amis ?

– Doucement, doucement, Méto. Tu devras encore attendre. Nous n'avons pas la permission de communiquer avec toi. Plus tard sans doute. D'ici là, tais-toi et ne te fais pas remarquer.

Ils sont repartis. Pourquoi me laissent-ils dans le doute ? Ils doivent se méfier de moi. J'étais persuadé, en m'enfuyant de la Maison, que les Oreilles coupées nous accueilleraient à bras ouverts. Nous avons pris des risques tellement énormes pour les rejoindre... Ils ont prononcé mon prénom, je suis sûr de me trouver dans leur repaire ; il y a sans doute parmi eux des visages familiers, des grands qui me regardaient à l'époque avec bienveillance. Qui est leur chef ? Est-ce que je le connais ? Que m'est-il interdit de voir ici ?

Tout au long des heures qui suivent, je sens des présences qui m'entourent. J'ai du mal à saisir leurs commentaires car tous chuchotent. Quelqu'un en profite pour appuyer avec force sur le pansement qui recouvre mon ventre. Je crois qu'il veut juste m'entendre souffrir. Je serre les dents. Je ne lui donnerai pas satisfaction.

Petit à petit, les bruits s'éloignent. Les gars semblent s'être regroupés très loin de moi. J'entends une rumeur qui s'amplifie par à-coups. Des souffles rauques me parviennent. On dirait deux bêtes qui cherchent à s'impressionner mutuellement. Que se passe-t-il là-bas ? Peut-être organisent-ils des combats d'animaux...

La fatigue s'abat brutalement sur moi.

On m'a réveillé en me glissant dans la main droite une petite gourde tiède. Comme on a sectionné le lien qui enserrait mon poignet, je peux dévisser le bouchon et porter le goulot à ma bouche. C'est une soupe composée de poisson et de légumes cuits hachés grossièrement. Je n'ai pas très faim. Dans ma position allongée, je suis contraint d'aspirer la nourriture très lentement et de bien la mâcher avant de déglutir. Je dois également inspirer profondément avant de reprendre une nouvelle gorgée. Les habitudes de la Maison, où les repas étaient réglés à la seconde près, me reviennent en mémoire. Le goût est un peu fade mais j'apprécie la sensation du liquide qui circule doucement dans mon œsophage. Je guette le retour de mon ravitailleur.

Je l'attends longtemps. Et si, de son côté, il surveillait l'instant où je vais replonger dans le sommeil ?

Le bruit revient petit à petit. Soudain on me frôle. Il a posé une gourde froide dans ma main droite et a ramassé l'autre. Je risque un timide :

– Merci. Attends ! S'il te plaît ! Je m'appelle Méto. Et toi ?

C'est inutile car il est reparti en courant, pour éviter le moindre échange verbal, je suppose. J'ai très envie d'interpeller ceux que je sens passer à proximité durant cette journée. Mais quelque chose me dit que je dois suivre le conseil qu'on m'a donné. Je dois me faire oublier : pour qu'on soit gentil avec moi et qu'on me permette de retrouver mes amis, s'ils sont encore vivants.

Je reste éveillé plus longtemps. Mon esprit est constamment préoccupé par la douleur qui me lance sans prévenir. Quand elle se fait trop forte, je respire avec application et j'attends que ça se calme. J'essaie de me concentrer sur autre chose. Je pense à mes frères qui me manquent. Je tente de visualiser chacun d'entre eux pour les garder en moi. Marcus, celui dont je suis le plus proche et à qui, sans l'exprimer jamais, j'ai juré fidélité jusqu'à la mort. Même si j'ai toujours tout fait pour le protéger, il a souffert à cause de moi. Il m'a souvent cru perdu, mort même. Il est du genre anxieux. Je l'ai senti s'éloigner les semaines précédant la révolte, juste avant son passage au frigo. Là, il s'est rendu compte que la peur du danger est parfois plus douloureuse que le danger lui-même et qu'on survit à presque tout. Claudius, notre chef, le premier à avoir compris que le changement était possible, mon premier compagnon de combat. Je ne l'ai vu qu'une fois perdre cette sérénité dont son visage était toujours empreint. C'était quelques heures avant notre fuite, quand il a su que Numérius avait été exécuté et que ceux de la Maison utilisaient le corps de son ami pour nous convaincre d'abandonner. Octavius, le camarade doux et lunaire, plus attentif aux autres qu'à lui-même, l'enfant mutilé suite à un séjour de trop au frigo, parce que ses pensées l'éloignaient souvent de l'essentiel, sa simple survie. Titus, enfin, dont la violence maîtrisée nous rassurait et en même temps nous effrayait. Il parlait de tuer l'ennemi avec tellement de calme, comme si donner la mort était pour lui une tâche normale, presque habituelle. « Je crois que je l'ai fait souvent avant », m'avait-il déclaré un jour.

Je m'endors à plusieurs reprises, peut-être pas longtemps mais profondément, car on a placé une nouvelle gourde dans ma main, sans que je comprenne comment. C'est la même nourriture qu'hier. Je mange très lentement. Je n'ai que cela à faire. Où sont mes frères ? Que vais-je devenir sans eux ?

J'essaie de me remémorer les derniers moments que nous avons partagés avant que je ne disparaisse au fond d'un trou sombre.

Je dois repartir du début, au moment où la porte a claqué, nous condamnant à ne plus pouvoir revenir en arrière. Après une vingtaine de mètres dans l'étroit tunnel, nous avons rencontré les premières marches d'un interminable escalier qui nous a entraînés vers la base du volcan. Les marches métalliques étaient courtes et glissantes. Une eau noirâtre gouttait çà et là des parois. Enfin, on a distingué la porte métallique qui nous séparait de l'extérieur. Elle était lourde et grinçait un peu. Titus nous a intimé l'ordre de nous taire absolument et de faire les statues. On l'a vu, avec Tibérius, s'enfoncer dans le noir sans hésiter. Nous retenions notre souffle. Chacun, l'oreille tendue, essayait de décrypter ce qui pouvait se passer là-bas. Nous nous serrions les uns contre les autres pour être moins visibles. Soudain, Maximus, un serviteur, s'est mis à trembler et à respirer en chuintant. Il craquait. L'onde de ses mouvements s'est propagée à tout le groupe. Claudius a alors posé ses mains sur sa tête. Les secousses se sont estompées difficilement. Puis il y a eu le signal : trois sifflements brefs. Nos corps n'attendaient que cela et se sont projetés tous ensemble vers l'avant. Une course s'est engagée. On suivait le mouvement sans savoir si le premier dirigeait vraiment la manœuvre. Le groupe s'est étiré de lui-même car beaucoup peinaient à maintenir le rythme. Des serviteurs se sont mis à marcher après quelques dizaines de mètres. Titus et Tibérius nous attendaient sous de jeunes arbres. Titus nous a fait signe d'approcher et de nous accroupir. Avant même que le groupe soit au complet, il a déclaré :

– Nous avons neutralisé le poste de garde. Mais en vous attendant, après les coups de sifflet, nous avons vu des buissons bouger. Nous devons être très prudents. Il s'agit peut-être d'une patrouille partie donner l'alerte.

– Ou des Oreilles coupées qui viennent nous chercher, a suggéré Marcus.

– J'y ai pensé, mais pourquoi seraient-ils repartis ? Restons sur nos gardes, sortons nos armes et progressons en silence.

La colonne s'est ébranlée doucement. À peine avions-nous parcouru une centaine de mètres qu'une première balle a sifflé à nos oreilles. La deuxième a arraché un morceau du carapaçonnage de l'épaule de Titus.

– À couvert, et chacun pour sa peau ! a hurlé ce dernier.

Combien étaient-ils en face de nous ? Des dizaines sans doute. Certains de mes amis hésitaient à bouger et semblaient prêts à renoncer à se battre. C'est alors qu'une voix amplifiée par un mégaphone a retenti :

– Dans votre intérêt, rendez-vous tout de suite !

Trois de nos compagnons se sont levés et ont été abattus immédiatement. Nos adversaires avaient donné le ton, celui d'un combat à la vie ou à la mort. Nous nous sommes dispersés en rampant ou en roulant. Les soldats avaient allumé les puissantes torches fixées à leur casque. Elles illuminaient le décor comme en plein jour. Après avoir dégringolé dans la pente pendant une dizaine de mètres, je me suis remis debout et engagé sur un sentier, suivi de deux camarades. Mais nous arrivions au sommet d'une falaise : il nous fallait rebrousser chemin et affronter nos ennemis. Nous étions sûrs de repartir vers la mort. À cet instant-là, nous avons entendu une immense clameur derrière les lignes des soldats. C'étaient les Oreilles coupées qui venaient à notre secours. Reprenant courage, j'ai armé mon fusil et je suis entré dans la bataille. Le moment était venu pour chacun de montrer sa bravoure. J'ai eu le temps de viser la tête d'un soldat qui s'acharnait sur un serviteur mais comme je m'avançais pour l'achever, j'ai été propulsé par un choc terrible qui m'a écrasé le côté. Je me suis senti chanceler quand... Je me souviens maintenant... Un gros barbu au visage noir de suie m'a poussé dans un buisson d'épines qui cachait un trou dans lequel j'ai disparu, à demi-inconscient.

Cet homme m'a sauvé la vie. J'ai encore en mémoire son regard gris. J'espère que je le reverrai un jour.

On tire sur mon pouce comme si on voulait le casser. Je crie :

– Arrête ! Arrête !

– Ouvre les doigts ! Je dois récupérer la gourde. Tu es crispé dessus. Allez, lâche !

La voix n'est pas autoritaire mais craintive, presque suppliante. Je desserre mon étreinte peu à peu. Mes dernières phalanges sont durcies et engourdies. Mon visiteur m'effleure les cheveux et me glisse à l'oreille un furtif « merci ».

Sa voix peu assurée me fait penser qu'il doit rendre des comptes. Moi qui croyais qu'ici, entre frères révoltés, ils n'avaient pas eu besoin de mettre en place un système hiérarchique fondé sur la peur. Y aurait-il des serviteurs ? Quand nous étions devenus les maîtres de la Maison, nous avions essayé d'adopter un modèle de fonctionnement moins dur où chacun pouvait s'épanouir dans l'égalité et le respect de l'autre.

Des rires ! J'entends des rires, les premiers depuis si longtemps. Deux gars se poursuivent et s'invectivent. Le premier semble peu enclin à s'amuser.

– Je vais te tuer ! crie-t-il.

– Tu sais que c'est interdit de tuer un frère, rigole l'autre.

– Je me débrouillerai pour que ça ait l'air d'un accident.

Ils se rapprochent, me tournent autour. L'un d'eux s'appuie même sur mon lit. Le tissu rêche de son vêtement me frôle l'avant-bras.

– Tu oublies le témoin, lance le poursuivi.

– Ton témoin est aveugle et faible, c'est un Petit de rien du tout qui ne passera peut-être pas la nuit, surtout si on le malmène un peu. Regarde-le ! Il est tout effrayé.

Soudain, il pousse violemment mon lit qui bute sur un obstacle, sans doute les genoux de l'autre qui étouffe un petit cri de douleur. Leur odeur à tous deux est presque insoutenable. Je sens la soupe de poisson qui remonte. Ils se font face, cramponnés aux montants opposés. Leurs forces semblent égales car le lit gémit tout en restant en place. Le premier fait mine de lâcher, mais c'est pour mieux pousser ensuite. L'autre cède brutalement, le lit bascule et je me sens partir à la renverse. Je laisse échapper un hurlement de panique. Un instant en déséquilibre, je m'agite pour faire contrepoids. Le lit retombe. Ils semblent s'éloigner. Ma douleur se réveille. C'est comme si on brûlait ma plaie et qu'on appuyait dessus pour que le feu pénètre au plus profond. Je ne peux retenir un violent tremblement qui attise encore plus mon mal. Les deux gars se rapprochent dangereusement. Pétrifié par la peur, je tente de contrôler mes frissons. Mon visage se couvre de sueur. Les voilà qui me sautent par-dessus, provoquant un nuage de poussière. Je suis pris d'une quinte de toux. Le premier trébuche en retombant. Je comprends qu'une lutte similaire à celles de la Maison se déroule maintenant tout près de moi. Une pluie de terre s'abat sur mon visage. Je grimace pour empêcher les particules de rentrer dans mes narines. J'éternue et ma tête part vers l'avant ; la ficelle qui m'entrave au niveau de la gorge coupe un instant ma respiration. Je tousse.

D'autres les ont rejoints, j'inhale moins de poussière. Des spectateurs ont dû se placer entre les combattants et le lit, me servant ainsi de paravent. Pourquoi personne n'intervient-il ? Peut-être attendent-ils de voir couler du sang.

Je reconnais bientôt les mêmes grognements sourds et les râles que j'avais comparés à un combat de bêtes. Ils luttent d'une manière qui m'est inconnue. Enfin, je comprends qu'un gars a cédé.

– Stop ! hurle une voix. Nadrer : 30, Ganeslir : 26. Tout le monde est d'accord ?

– C'est ça, Canofu.

Cette fois-ci, c'est bien fini. Je les entends qui s'éloignent, je suis tranquille. Mais pour combien de temps ? M'a-t-on planté là, au milieu de leur cour de récréation, pour servir leurs jeux ? Je suis épuisé. La douleur se dissipe à mesure que le sommeil m'envahit.

Je suis brûlant, ma tête va exploser. J'ai chaud, vraiment, j'ai tellement chaud. Des pas se rapprochent.

Plusieurs mains se posent sur mon front. On me plaque même une éponge glacée sur le crâne. Je fais le mort, sans avoir besoin de me forcer.

– Un séjour à l'infirmerie semble s'imposer. Il est fiévreux. Il a des tremblements, des convulsions. Je m'interroge sur la cause de cette rechute. Hier, il semblait tiré d'affaire. A-t-il été maltraité depuis ? Je l'avais interdit, pourtant.

– On m'a rapporté que des frères s'étaient affrontés dans ce secteur aujourd'hui, mais sans le blesser. Peut-être a-t-il eu peur ?

– Je ne veux pas qu'on le perde. Les Petits qui ont survécu à la bataille l'ont décrit comme un cerveau puissant, un décodeur hors pair. Il nous sera utile le moment venu.

– Que fait-on ?

– Toi, tu restes à ses côtés et tu essaies de le rassurer, mais sans lui répondre s'il te questionne. Tâche de faire baisser sa fièvre. Je vais ordonner son déplacement pour cette nuit.

– Si tu veux que ses brancardiers ne soient pas tentés de lui faire passer un sale quart d'heure, impose-leur un transport furtif avec défi silencieux.

– Excellente idée.

Je me répète plusieurs fois leur dernier échange. Mes copains, certains du moins, sont vivants. Ils sont quelque part dans ce souterrain. Mon garde-malade me caresse la tête, puis m'asperge les cheveux avec de l'eau. Des gouttes froides s'infiltrent sous mon bandeau. J'espère qu'elles vont m'aider à recouvrer la vue. C'est comme si le gars avait la même pensée. Il m'éponge et entreprend de me sécher le front avec un tissu, sans doute sa manche. Je bloque ma respiration, asphyxié par la puanteur qu'il dégage.

Quand je me réveille, je suis seul. Ma tête me lance. Peut-être m'ont-ils oublié. J'entends soudain un cri animal. S'ensuit un silence quasi parfait annonçant, je le pressens, une nouvelle épreuve.

L'odeur, c'est l'odeur qui me parvient en premier. On s'avance vers moi et, avant même que je puisse comprendre, une main me fourre un chiffon sale dans la bouche. On soulève mon lit. Le déplacement n'est pas linéaire : ils effectuent souvent des virages, ils frôlent les parois. Mais ils prennent des précautions pour ne pas trop me secouer. Si je n'avais pas ce tissu nauséabond coincé dans la gorge, ce serait presque agréable. Ils s'arrêtent et me déposent. Je les entends s'éloigner en marmonnant, comme s'ils étaient énervés ou déçus ; ils ont dû perdre le jeu dont parlaient les autres un peu plus tôt. De nouveaux gars ont pris le relais. La cadence est plus rapide. Ils chuchotent :

– Ces lourdauds ont fait des progrès, leur ruse a failli marcher.

– Tu es gentil avec eux. Je n'y ai pas cru un seul instant.

– Nous y sommes.

On retire le linge. J'aimerais vomir, mais mon ventre se tord sans que rien ne sorte. On m'enfonce une aiguille dans le bras, puis une autre près de ma plaie. Je sens que des larmes voudraient couler de mes yeux scellés. Mais, ici, je n'ai même pas le droit de pleurer.

CHAPITRE 2

Quelques hommes puants se sont regroupés autour de moi. Je reconnais la voix de celui qui m'a appelé Petit Méto il y a quelque temps. Ce doit être lui qui me plaque un doigt sur la bouche. C'est inutile, je n'ai plus aucune envie de parler. Un autre prend la parole :

– C'est lui ? Pas très impressionnant, votre rebelle ! Amenez-le près des autres, demain.

Je sens son haleine tout près de moi, comme s'il voulait lire dans mes pensées. Il a dû s'accroupir. Je me décontracte un peu. J'ai le sentiment que mon isolement va prendre fin et je me prends à rêver que les « autres » sont bien mes frères. Il s'est relevé. Mais avant de s'éloigner, il ajoute :

– Ne te réjouis pas trop vite, Petit. Tu auras des comptes à rendre.

J'entends une voix. C'est Claudius ! Si je pouvais, j'en pleurerais.

– Méto, je suis là. Ils viennent de t'installer dans notre réduit. Ne fais pas trop d'efforts.

– Claudius ! Tu es tout seul ?

– Pour l'instant. Je vais t'enlever ton bandage.

– Mais les autres ? Ils sont vivants ?

– Oui, rassure-toi, Marcus, Titus et Octavius ne devraient pas tarder. Ils sont à la corvée d'eau.

Il entreprend de dénouer le tissu. Après quelques minutes de patience, je sens glisser l'étoffe sur mes cheveux. Le haut de mon oreille retrouve sa place et se fait oublier aussitôt. Je n'y vois toujours rien. Claudius me libère de la cordelette qui m'enserrait le cou, je respire déjà mieux.

– Surtout, ne force pas sur tes paupières. Le Chamane t'a appliqué de la colle sur les cils quand tu résidais dans l'Entre-deux. Je dois juste attendre, pour commencer l'opération, que l'eau tiédisse un peu. Je ne veux pas te brûler.

J'entends ses doigts qui agitent le liquide, pour accélérer son refroidissement. Il prend beaucoup de précautions, j'aimerais qu'il aille plus vite. Pendant que Claudius se penche sur moi, je ne peux m'empêcher de grimacer car ses mains sentent horriblement fort. Je ne lui dis rien. Je veux qu'il reste concentré sur le nettoyage de mes yeux.

– N'essaie pas de les ouvrir avant que je te le dise. Cela va prendre un peu de temps.

Je me laisse faire. Au début, la sensation de brûlure est réelle mais, au fur et à mesure, la peau s'habitue. Je n'attends pas le signal et j'entrouvre l'œil droit avec difficulté. Claudius est presque identique à mon souvenir, à l'exception de traces grisâtres sur son visage et de ses cheveux luisants.

Il semble soulagé et me lance un clin d'œil.

– Depuis combien de temps avons-nous quitté la Maison ?

– Ça va bientôt faire trois semaines.

– Et vous vous êtes lavés depuis ?

– Ah, tu as remarqué ! On le leur réclame chaque jour. Ils nous sourient pour seule réponse. Ici, tout le monde pue et cela ne semble pas poser de problème. Octavius a le corps couvert de griffures. Ça le démange tellement qu'il se gratte jusqu'au sang en dormant.

– J'ai cru comprendre que nous ne sommes pas les bienvenus ici.

– Après la bataille, c'était pire : injures, coups, humiliations... Un déchaînement de haine. Leurs chefs ont fait construire à la va-vite un enclos constitué de pieux plantés serrés, soi-disant pour nous protéger de la violence de certains membres de la communauté. Nous sommes comme des animaux d'élevage. La tension est retombée, mais ils nous restent hostiles. Quand nous devons nous déplacer, il n'est pas rare que des excités en profitent encore pour nous bousculer. Le seul qui échappe à ces désagréments, c'est Titus.

– Tu sais pourquoi ?

– Il a été très efficace pendant la bataille. On raconte qu'il aurait liquidé sept personnes à lui seul.

– Sept ?... Et à nous, ils nous reprochent quoi ?

– Les pertes parmi les Oreilles coupées, dues à notre évasion, et surtout la disparition des corps de leurs amis.

– C'est-à-dire ?

– Eh bien, on s'est rendu compte qu'à la fin de la bataille, la quasi-totalité des morts et des blessés ont été récupérés par ceux de la Maison. Mais, ici, un homme qui ne part pas les yeux collés par le Chamane ne gagne jamais ce qu'ils appellent l'« Autre Monde ».

– Alors moi, j'avais les yeux collés parce qu'ils pensaient que j'allais mourir ?

– Peut-être. Je ne sais pas. Ici, on ne comprend pas tout.

Mes trois frères accourent en même temps, me pressent les mains. Marcus verse une larme. L'émotion me submerge, j'ai presque du mal à respirer. J'aimerais les serrer dans mes bras et ne plus les lâcher. Je suis heureux enfin.

Quand je me réveille, ils dorment tous. J'entends leur respiration comme au dortoir. Je me sens mieux maintenant. Avec eux, j'ai le sentiment qu'il ne peut rien m'arriver.

Tout de même, les dernières paroles d'un des chefs résonnent en moi. J'aurai des « comptes à rendre » pour leurs combattants disparus. Que croient-ils, qu'on a volontairement envoyé au massacre des dizaines d'êtres humains ? Qu'on est dirigés par leurs ennemis et qu'on est des traîtres ? Tout à la joie de revoir mes proches, je n'ai songé qu'à moi. Après avoir compris qu'ils étaient sains et saufs, je n'ai pas demandé de nouvelles de ceux que nous avons entraînés dans la révolte presque malgré eux. J'ai du mal à évaluer le nombre des dormeurs qui m'entourent. Je tourne la tête et m'aperçois qu'ils sont nichés dans des alvéoles creusées dans la roche. Quelques échelles permettent à certains de gagner les plus hautes : il doit y avoir une dizaine de trous. Quand je me tourne de l'autre côté, je distingue les pieux qui forment comme une grille, nous séparant du reste de la grotte. Il m'est impossible de voir derrière moi, il fait trop sombre, mais j'imagine qu'une barrière ferme notre enclos. Nous sommes donc prisonniers. Moi, fixé à mon lit, je le suis doublement. La lumière est faible. Deux lampes à huile sont disposées dans de petites cavités situées à un mètre cinquante de hauteur. Derrière nos barreaux, j'aperçois une lueur plus vive. C'est un feu de camp installé à même le sol, à une trentaine de mètres de nos couchages. Des ombres immenses se découpent sur la paroi. Elles se lèvent, s'assoient, circulent. Je n'entends rien de leur conversation. Brusquement, le ton semble monter. Des grognements, des sifflements, des insultes incompréhensibles. Un nouveau combat sans doute, mais qui reste localisé loin de nous. Soudain, un bruit de pierre qui tombe dans l'eau, semblable à un signal de fin. Je ne perçois plus que des murmures qui s'éloignent.

Je vais me forcer à me rendormir. Je serai en meilleure forme demain pour parler avec mes amis, si, par chance, on ne les envoie pas trimer au loin avant mon réveil.

Ils sont là et s'affairent en silence autour de moi. Ils sourient tous, heureux de m'avoir avec eux.

– J'ai récupéré un peu de nourriture pour toi, commence Marcus. Ils ne vont pas tarder à nous appeler.

– Pour faire quoi ?

– On ne sait jamais avant d'y aller. Du ramassage

sur la plage, des trous à creuser, du nettoyage, de la cuisine…

– Y a-t-il eu d'autres survivants ?

– Nous ne sommes plus que douze sur les cinquante-deux à s'être enfuis : cinq Rouges, sept Violets mais aucun serviteur. Les autres ont disparu dans la bataille.

– Disparus, ça ne veut pas dire morts… Que sais-tu de Tibérius, par exemple ?

– Je l'ai entendu appeler au secours pendant les combats. Il semblait touché à la tête. Mais on ne pouvait rien faire, les soldats étaient si nombreux !

– Qui sont les Violets ?

– Brutus, Flavius, Proculus, Aurélius, Démétrius, Sylvius et Lucius.

– Pourquoi ne sont-ils pas venus me voir ?

– Je ne sais pas.

– Tu sais pourquoi je suis attaché ?

– C'est pour éviter que tu bouges trop pendant ton sommeil. Tu risquerais d'arracher ton pansement. Tu as, paraît-il, une immense cicatrice au ventre et ils ont peur qu'elle ne s'ouvre. Dans quelques jours, tu pourras t'asseoir.

– Vous avez beaucoup discuté avec les Oreilles coupées ?

– Non. Ils ne répondent jamais à nos questions. Ils crient seulement quelques ordres de temps en temps.

Hier, ils nous ont juste expliqué comment nous occuper de toi. Autrement, ils nous évitent et parlent dans notre dos. Je n'avais jamais imaginé un accueil aussi terrible. Tu veux boire ? propose Marcus.

– Oui.

Il me relève doucement la tête pour me faire avaler de l'eau.

– Je crois que tu devrais te reposer maintenant. Tu es une sorte de miraculé, tu sais.

– Tu n'as pas été blessé ?

– J'ai perdu connaissance au début du combat. Mais je ne me souviens de rien. Je ne me suis réveillé que quelques heures plus tard, dans la grotte.

– Et on a une idée de ce qui t'est arrivé ?

– Non. Certains ont suggéré que je m'étais évanoui à cause de la peur. Souviens-toi, Marcus le trouillard...

– Je n'ai jamais pensé ça de toi. Je suis sûr qu'il y a une autre raison.

– Peut-être. Ils ont parlé à mi-mot d'un étrange bubon sur ma cuisse gauche, comme si on m'avait fait une piqûre qui se serait infectée...

Soudain, derrière nous, une voix grave appelle :

– Au boulot, les minus !

Le ton est dédaigneux. On sent l'homme presque dégoûté de leur adresser la parole.

Mes camarades partent en courant et tête baissée. Le silence revient. J'ignore combien de temps je vais devoir attendre leur retour.

Durant les quelques jours qui suivent, les douleurs s'estompent peu à peu et je me sens revivre. J'ai tout le loisir de me faire une idée précise du lieu où je me trouve, ayant demandé à mes amis de m'installer au plus près des pieux. Je profite maintenant d'une excellente vue sur tout ce petit monde. Je perçois les sens de circulation, les différentes issues. L'endroit est très vaste et change d'atmosphère tout au long de la journée. Abandonné durant de longues heures, il se remplit à la nuit tombée des cris et des rires des hommes qui reviennent de la « chasse ». C'est le mot qu'ils emploient mais je ne vois jamais la moindre trace de gibier. Peut-être le déposent-ils à l'entrée ou dans une cuisine. Je retrouve les autres dans ces moments-là. Ils s'occupent de me nourrir et de me porter jusqu'à des toilettes aménagées à une cinquantaine de mètres de notre prison, dans un recoin de la grotte.

Les Oreilles coupées sont très différents de nous. Ils ne sont pas seulement plus grands, mais également plus massifs. Ils occupent l'espace et sont impressionnants. Leurs barbes et leurs chevelures sont souvent très fournies, parfois structurées par des tressages qui ressemblent à des cordes. Leur façon de s'habiller est étonnante. J'ai mis un certain temps à comprendre que leur accoutrement avait pour base l'uniforme de la Maison : ce sont les mêmes chemises, mais taillées en lanières, parfois agrémentées de coquillages, recouvertes de dessins, de signes. Leurs pulls sont percés de trous aux contours bien dessinés ou sauvagement tailladés. Les pantalons sont tantôt raccourcis, tantôt serrés au niveau des mollets par d'épaisses ficelles. Des broderies grossières utilisant des fils de toutes sortes décorent les vestes. Et que dire de leurs visages, marqués de curieuses cicatrices aux formes géométriques, de peintures noirâtres qu'ils nomment tatouages et d'autres, plus rouges, qui ressemblent à des brûlures ? Certains font peur, d'autres me feraient plutôt rire. J'ai réussi à reconnaître quelques anciens de la Maison, enfin, je crois, car ils ont beaucoup changé et portent sans doute d'autres noms maintenant.

Caché derrière mes poteaux, j'ai le sentiment d'être transparent. J'écoute les conversations. Quand des Oreilles coupées viennent s'appuyer contre les morceaux de bois pour discuter, je me mets dans la position du dormeur. J'essaie de mémoriser un maximum d'informations que je trie ensuite pendant mes longs moments de solitude. Le soir, mes copains se regroupent autour de moi et nous partageons ce que nous avons appris.

J'avais évalué le nombre des Oreilles coupées à une quarantaine, mais Octavius me précise que la communauté compte aussi une dizaine de membres travaillant sur la plage et dans les cuisines, que l'on n'aperçoit jamais dans la grotte principale.

Je sais aussi qu'ils ne se rassemblent tous que très rarement, pour des raisons de sécurité. J'ai découvert qu'ils prennent les grandes décisions au sein de différentes assemblées appelées cercles. Les discussions tournent beaucoup autour de paris organisés avant les matchs d'inche. J'ai eu du mal à le croire mais, quelque part dans ces grottes ou peut-être à l'extérieur, se cache un vrai terrain. Ils parient de la nourriture, des coquillages ou des corvées. La question de leur rang revient sans arrêt, ils semblent acquérir une place dans la hiérarchie grâce à des duels. Je pense aux deux combats dont j'ai été le témoin auditif. Mes amis m'ont expliqué un soir qu'il en existe un troisième type, qui se pratique sur des échelles. La communauté est divisée en groupes, des clans qui s'opposent parfois violemment. J'ai également compris ce qui se cache derrière le terme « chasse ». C'est du pillage. La quasi-totalité de ce que nous consommons ou utilisons ici est volée ou détournée de la Maison. Une économie de parasites. Je n'arrive pas à m'expliquer comment cette situation peut durer depuis tellement d'années. Si ceux de la Maison décidaient de renforcer les contrôles, ils pourraient facilement affamer les membres de la communauté. Les Oreilles coupées doivent avoir des complices à des niveaux importants car ils mangent tous à leur faim.

Ce soir, quand je retrouve mes amis, Claudius a la mine grave :

– Un des Anciens, dont j'ignore le nom, m'a demandé de tes nouvelles. Quand je lui ai appris que tu allais mieux, il m'a dit qu'on devait s'attendre à rendre bientôt des comptes devant le Grand cercle. Seulement toi et moi, en tant que meneurs du soulèvement. Dès que tu seras sur pied, ils vont organiser un procès.

– Et on risque quoi ?

– S'ils prouvent une complicité avec les César ou avec Jove et ses fils, on peut être condamnés à mort.

– Rien que ça ! Claudius, sais-tu où est mon sac ? Il y avait des documents précieux à l'intérieur.

– Je m'en souviens, ton dossier de sciences naturelles sur les femelles.

– On dit « femmes », Claudius.

– Sur les femmes, tu as raison. Tu te rappelles m'avoir promis un jour que j'en verrais une vraie ? Ça ne sera pas pour tout de suite... Il y avait aussi un petit cahier avec nos noms suivis d'une lettre et un classeur métallique fermé par une combinaison à dix chiffres. On nous a tout pris. « On verra plus tard », qu'ils disent. Si tu veux mon avis, on a peu de chances de remettre la main dessus.

– Surtout s'ils nous tuent après le procès, dis-je en esquissant un sourire.

– Je n'aime pas ton humour, intervient Marcus. Je crois que nos hôtes sont capables de le faire.

– Ne dites pas ça, s'insurge Titus. Ces gars sont énervés contre nous parce qu'ils sont malheureux, mais ce ne sont pas nos ennemis. Ils nous hébergent et nous nourrissent, ils ont aussi soigné Méto. Nous leur devons le respect.

– Moi, je n'arrive pas à leur faire confiance, reprend Marcus. Je n'ai toujours pas digéré l'épreuve qu'ils nous ont fait subir le deuxième soir. Toi-même, tu as cru que tu allais mourir !

– C'est vrai, mais ce n'était qu'un jeu. La preuve, nous sommes toujours vivants !

Je voudrais bien couper court à cette discussion, mais j'ai trop envie de savoir ce qui s'est passé.

– Vous pouvez m'expliquer ?

Claudius prend la parole :

– La journée qui a suivi les combats a été épuisante. Les Oreilles coupées nous ont fait nettoyer le champ de bataille. Nous devions collecter les armes, les vêtements, les lambeaux de tissu, les douilles, mais aussi retourner la terre souillée par le sang, comme s'il fallait faire disparaître la moindre trace. Les sacs ont ensuite été posés au centre de la grotte. Les gars pleuraient ou laissaient exploser leur colère sur tout ce qui se trouvait à leur portée. Nous faisions donc de grands détours pour les éviter. Au début de la soirée, alors que nous dévorions en silence les quelques restes de provisions oubliés au fond de nos poches, l'un deux s'est planté devant nous et a déclaré que nous allions participer à la « grande épreuve ». Les règles étaient simples : on disposait de quatre minutes pour se cacher. Le premier qui serait découvert mettrait fin au jeu, mais serait exécuté sur-le-champ. Si personne n'était attrapé au bout d'un quart d'heure, nous aurions tous la vie sauve. Nous devions attendre le cri de départ pour nous mettre en mouvement. Tu peux imaginer dans quel état de panique nous nous trouvions. Titus nous a réunis pour nous donner de précieux conseils : ne pas rester groupés, mouiller nos avant-bras et notre visage pour les couvrir ensuite de poussière afin de nous camoufler et masquer les odeurs corporelles, nous glisser dans des trous profonds, chercher une position confortable et faire le mort. Un cri aigu suivi d'une immense clameur nous a fait comprendre que la partie venait de s'engager. Le plus dur, au début, a été de parvenir à se séparer et à s'enfoncer dans le noir de couloirs inconnus. Des trous, ici, il y en a partout, mais peu sont d'une profondeur permettant de se mettre à l'abri de chasseurs aussi expérimentés que les Oreilles coupées. À peine calés au fond de nos cavités, il a fallu attendre l'arrivée de la meute surexcitée. Armés de torches et de barres de fer, ils fouillaient au hasard. Nous avons presque tous senti les flammes nous lécher la peau ou les vêtements. Octavius a été brûlé au coude mais n'a pas crié. En fait, malgré l'état d'épuisement et de terreur dans lequel nous nous trouvions, aucun de nous n'a craqué.

– Tu oublies de dire qu'ils en ont trouvé un. On l'a tous entendu hurler et supplier, intervient Marcus.

– Laisse-moi finir, reprend sèchement Claudius. En effet, nous avons entendu des plaintes mais, à la fin du jeu, nous étions tous là. On peut donc penser qu'ils ont voulu nous faire peur en simulant une exécution.

– Tu es absolument sûr, demandé-je, d'avoir eu en tête, à ce moment précis, tous les survivants de la Maison ?

– Cette histoire a hanté mes nuits pendant plus d'une semaine. Je me suis repassé sans fin la liste des enfants présents à la fin de la bataille. Et, surtout, j'ai interrogé tous les survivants. J'en suis arrivé à la conclusion qu'il n'y avait eu aucune exécution ce soir-là. Maintenant que tu es au courant, Méto, j'aimerais que nous n'évoquions plus cet épisode. Allons-nous coucher.

Je suis autorisé à m'asseoir depuis ce matin. J'ai toujours très mal au côté droit. Dès que je bouge pour remettre en place l'oreiller ou que je me redresse, ma blessure se réveille et c'est comme si on m'enfonçait des aiguilles dans le ventre. Cette nouvelle position me permet de mieux voir, mais présente l'inconvénient de me rendre beaucoup plus visible. Je dois maintenant tendre l'oreille pour saisir les bribes d'une conversation car les gars s'approchent moins de moi.

Un certain Plautius, qui était Rouge quand je suis arrivé à la Maison, m'a reconnu. Après être passé plusieurs fois à proximité en ne m'adressant qu'un signe discret, il s'est enfin décidé à s'arrêter, un jour où la salle s'était vidée plus vite qu'à l'habitude.

– Je me souviens de toi, Méto. Tu étais un petit animal buté à l'époque.

– Plautius, comme tu as grandi ! Tu ne pourrais plus passer sous les portes de la Maison.

– Je ne suis plus Plautius. J'ai renié mon nom d'esclave. Je suis Radzel maintenant. Tu vas mieux, on dirait. Le Chamane a encore fait des miracles. C'est un magicien, tu sais.

– Je l'ai vu quand j'étais là-bas. Il portait même...

– Tais-toi. On ne peut pas le décrire car il est invisible.

– Si, je t'assure, je l'ai vu.

– Tu devais délirer à cause de la fièvre, rétorque-t-il en haussant brusquement la voix, et tu as rêvé que tu le voyais. Un conseil, et pour une fois dans ta vie, suis-le, celui-là : ne me contredis pas quand je t'affirme que tu n'étais pas dans ton état normal. Et surtout, Méto, ne répète à personne ce que tu m'as confié.

Il s'arrête et semble réfléchir.

– Ici, ajoute-t-il sur le ton de la confidence, certains affirment que celui qui croise le regard du Chamane mourra dans les deux jours.

– Je ne dirai rien, c'est promis.

– Moi non plus. Allez, repose-toi maintenant. Si tout se passe bien, je t'emmènerai chasser un jour.

Ce matin, j'ai le droit de faire quelques pas, soutenu par Marcus et Octavius. Ils me lâchent même quelques secondes. Ils se tiennent les bras écartés, comme pour faire la ronde, prêts à me saisir si je vacille. Je suis heureux de tenir debout malgré la douleur, mais soudain une fatigue terrible m'envahit et mes amis me réinstallent dans mon lit. Je m'endors presque instantanément.

Ma rééducation se poursuit. Je dois suivre fidèlement les prescriptions de « celui qu'on ne peut regarder ». Chaque jour, il faut que j'ajoute à mon programme dix pas en étant soutenu par mes camarades et cinq pas en solo. À partir du cinquième jour, je dois aussi m'entraîner à grimper à l'échelle, à raison de deux barreaux de plus par jour. C'est dur et je manque souvent de dégringoler, mais je suis très motivé à l'idée de revoir le ciel.

Plautius-Radzel est revenu me parler. Il y semble autorisé, cette fois-ci, car sa voix est plus assurée et il ne passe pas son temps à regarder autour de lui.

– Alors, comme ça, commence-t-il, tu étais un des chefs de cette mutinerie ? Tu ne t'es jamais assagi, Petit Méto... Combien de frigos en tout ?

– Quatre jours. Un record, d'après Romu, il...

– Romu le chien, tu veux dire ! reprend-il, soudain énervé. C'est comme ça que tout le monde l'appelle ici. Pourquoi tu me regardes comme ça ? Tu es de son côté ?

– Non, je suis avec vous.

– « Ton copain » Romu, ajoute-t-il d'un air dégoûté, a demandé à exécuter personnellement Numérius. Tu te souviens de Numérius ?

– Vous en êtes sûrs ? Enfin, je veux dire... Comment... comment le savez-vous ?

– Un de nos espions était présent. Alors, tu le trouves toujours aussi sympathique, ce fils de chien ?

– Non, je ne savais pas, je réponds, sincèrement choqué.

Il me regarde fixement avant de s'éloigner. Il doute de moi, c'est certain.

Mes douloureuses promenades me permettent d'explorer la grotte un peu plus chaque jour. Elle se compose d'une salle principale d'environ quatre-vingts mètres de longueur. Elle s'élargit à mesure qu'on y pénètre et atteint dans sa plus grande largeur une trentaine de mètres. Elle est percée de très nombreux couloirs obscurs. Au fond, quatre cavités ont été aménagées : la première sert à entreposer les réserves, la deuxième abrite la cuisine et la cantine, la troisième est utilisée comme infirmerie. La dernière s'appelle l'Entre-deux : c'est le repaire du Chamane. Pour y accéder, on emprunte un court tunnel débouchant sur une massive porte en bois, sans doute récupérée à la Maison, qui en barre l'entrée. Une vaste tente de toile grise composée de couvertures soigneusement assemblées est plantée non loin de ces emplacements essentiels à la survie de tous. C'est la tente du Premier cercle, celle du pouvoir. Les clans se partagent, dans le même secteur, des zones proches de leurs alvéoles respectives. Nous, les Petits, les derniers arrivés, sommes relégués à l'autre extrémité, dans la partie la plus déserte où ne résident qu'une quinzaine d'individus qui n'appartiennent apparemment à aucun groupe. Dans le plafond de la salle principale, il y a des puits de lumière un peu partout. Certains semblent venir d'éboulis naturels, d'autres sont formés par des troncs d'arbres évidés. Cette lumière est amplifiée ou guidée par un système de miroirs et de plaques de métal poli tout à fait impressionnant. Les matériaux proviennent de la cuisine de la Maison : des plats, des plateaux, des saladiers déformés... Au pied de chaque puits, des petits bassins d'argile ont été aménagés pour recueillir l'eau de pluie. Des chiffons sales surnagent dans l'eau boueuse.

– Ces cuvettes, m'explique Marcus un soir, servent à parer les attaques chimiques des soldats. Ces derniers envoient par les trous des morceaux de tissu enflammés qu'ils ont préalablement imprégnés de produits asphyxiants pour intoxiquer les habitants de la grotte. L'eau les éteint presque instantanément.

– Comment as-tu appris tout cela ?

– Par Toutèche... enfin, il s'appelait Fabricius quand il était à la Maison.

– Oui, je me souviens de lui.

– Malgré les consignes, il me parle quelquefois en cachette. Nos conversations sont très brèves. Je n'obtiens parfois la réponse à une question que je lui pose que le lendemain ou le surlendemain. Il est très prudent.

– Quel est son rôle ici ?

– Il garde une des entrées de la grotte. C'est un guetteur. Il s'ennuie ferme la plupart du temps. C'est pour cela qu'il a accepté de me parler. Il était très bavard avant, tu t'en souviens ?

– Oui, il avait eu droit à l'aspirateur un soir, pendant un repas, parce qu'il s'était fait trop entendre...

– En repensant à cet appareil accroché à sa bouche, qui envoyait un flot constant de nourriture... j'ai des frissons dans le dos. J'avais eu peur de m'étouffer moi-même rien qu'en le regardant, ajoute mon ami en grimaçant.

– J'ai testé ce truc avant que tu n'arrives. C'était surtout impressionnant. Le secret, c'était de bien respirer par le nez et de rester très concentré. Mais tu terminais le repas épuisé. C'était quand même horrible, là-bas, non ? Je veux dire, on est mieux ici. Tu ne crois pas ?

– J'attends de savoir ce qu'ils nous réservent. Ce qui m'angoisse, c'est l'incertitude. À la Maison, au moins, si on suivait leurs règles absurdes, tout allait « bien ». Avec les Oreilles coupées, on ne sait jamais comment se comporter.

Il ferme les yeux et grimace en bâillant :

– Méto, je suis fatigué. Il faut que je dorme. Nos journées sont épuisantes. Enfin, maintenant, on n'a plus besoin de somnifères.

Qui sait ? Qui sait si on ne nous drogue pas aussi, ici ? Visiblement, ils volent tous les produits dont ils ont besoin à la Maison, alors pourquoi pas celui-là ? J'ai le sentiment que les Oreilles coupées ne sont pas si différents de ceux qu'ils combattent, avec leurs membres qui se surveillent et se dénoncent entre eux et leurs chefs autoritaires.

J'essaie de faire le point sur ce que je dirai au procès. Nous allons devoir jouer serré. Je ne dois pas être surpris par la moindre remarque ou question. Ils feront tout pour nous coincer, je ne m'attends à aucune pitié de leur part. Je sens que mes bonnes relations avec Romu ne pourront que me nuire, mais qu'il ne servira à rien de les dissimuler : ils ont dû interroger tous mes amis en plus de leur réseau d'informateurs. Comment peuvent-ils penser que nous faisons partie d'un complot ? Et dans quel but ? Romu disait que son père avait été surpris par notre rébellion. Romu disait... Romu disait... Si je me mets à douter de lui, c'est toute ma vision du monde qui s'écroule. Il m'a ouvert les yeux. C'est lui qui m'a appris à me méfier de l'ordre établi. Ce serait lui... qui m'aurait manipulé et trahi ?

Je reçois la visite de Fabricius-Toutèche que je reconnais tout de suite, malgré son épaisse barbe blonde qui s'effiloche en six queues parfaitement équivalentes. Il en tourne une entre ses doigts tout en s'adressant à moi :

– J'avais envie de te voir, Méto. Tu te souviens de moi ?

– Parfaitement. Tu as toujours les mêmes yeux souriants.

– Des yeux souriants ? Tu es sûr ?

Je ne peux détacher mon regard de son oreille coupée. La plupart de celles que j'ai pu observer ici laissent apparaître une cicatrice plus ou moins visible. La sienne est restée fendue et deux morceaux de peau pendouillent. Ils tremblotent même quand il secoue la tête. Il comprend vite ce qui retient mon attention :

– Tu admires mon oreille bifide, Méto ? Je suis le seul à en avoir une comme ça.

– Pourquoi ?

– Le Chamane était introuvable quand il a fallu me recoudre après l'arrachage de l'anneau. Les frères ont fait le boulot salement. Donc, j'ai eu le choix entre risquer de perdre toute l'oreille à cause de l'infection ou garder un lobe à jamais abîmé. Ce qui était au début une marque honteuse que je cherchais toujours à dissimuler est devenu ma fierté. Grâce à elle, je suis unique, Méto.

– À part toi, tous les autres nous traitent comme des chiens. Pourquoi ?

– Ils sont sur leurs gardes. Le danger est partout. Nos adversaires sont prêts à toutes les ruses pour nous anéantir ou voler nos corps. L'infiltration est le stratagème le plus souvent utilisé, avec les faux évadés par exemple. Si les frères n'étaient pas aussi méfiants, on aurait tous disparu depuis longtemps.

– Et toi ?

– Moi, je sais que vous êtes restés de braves Petits.

– Et tu leur as dit que tu parlais à Marcus ?

– Non, j'essaie d'être discret. Je ne veux pas qu'on m'interdise formellement de vous approcher parce que, dans ce cas-là, je serai obligé de suivre les ordres. Méto, je ferais bien d'aller regagner mon poste. À une prochaine fois.

Peu après le départ de Toutèche, alors que mes yeux commencent à se fermer, je sursaute au bruit d'une cavalcade. Des échos de coups frappés en cadence sur des plaques métalliques me parviennent. C'est sûrement une alerte. Des hommes se regroupent près des puits de lumière, démontent les miroirs et enfoncent des paquets de tissu dans les conduits. En quelques minutes, le noir absolu s'installe, puis, juste après, c'est le silence total. Je n'ose plus respirer. J'ai le réflexe de compter pour tenter d'évaluer le temps. J'espère que mes amis sont à l'abri. Le son d'une cloche semble annoncer la fin de ce que je suppose n'être qu'un exercice pour tester les réflexes de la communauté. Il aura duré plus de onze minutes. Avant de le comprendre, j'ai eu quelques sueurs froides, abandonné de tous et complètement vulnérable.

Mes copains reviennent quelques heures plus tard. Leurs mines sont assombries par ce que je pressens être une mauvaise nouvelle.

J'apprends que notre seul ami, Toutèche, a été puni à l'issue de cette simulation d'attaque pour « abandon prolongé de poste ». Selon Marcus, cela ne fait aucun doute, il a été repéré et les autres veulent le sanctionner. J'interroge :

– Vous savez ce qu'ils vont lui faire ?

– Non, répond Marcus. Mais il avait les yeux rougis par les larmes quand je l'ai croisé. Il doit regretter sa gentillesse envers nous.

– Pour l'instant, reprend Claudius, nous ne pouvons pas intervenir. Nous devons absolument gagner leur confiance avant de pouvoir espérer être écoutés.

– Tu n'as pas la date de notre procès ? À cette occasion, on pourra vraiment s'expliquer, leur faire comprendre qu'on a agi pour aider les serviteurs et qu'on a été obligés de s'enfuir après...

– Nous serons vite fixés. Tu dois passer le test de la grande échelle. Ils veulent être sûrs que tu peux témoigner debout. Comment te sens-tu ?

– Beaucoup mieux. Je suis les étapes de ma rééducation à la lettre. Je suis plutôt en avance sur le programme. J'arrive à marcher assez longtemps et je mets moins de temps à récupérer. Pendant que j'y pense, savez-vous où se trouve la salle d'inche ? Je cherche de nouveaux parcours pour mes promenades mais j'ai peur de me perdre.

Titus intervient :

– Elle doit être bien cachée. Le jeu me manque. J'en viens presque à regretter la Maison. J'espère que quand je serai initié, ils me laisseront jouer.

– Tu veux appartenir à leur communauté ?

– Méto, il faut savoir tourner la page. Notre nouvelle vie est ici, parmi les Oreilles coupées.

– La tienne peut-être, mais pas la mienne !

Marcus change de sujet :

– Tu peux aller voir ce que nous appelons le « mur des grimaces », suggère-t-il. On passe devant chaque matin et on n'a jamais le temps de s'y arrêter. Tu pourras nous raconter. Je t'indiquerai où c'est.

Je découvre que la grotte principale est reliée par un réseau de boyaux plus ou moins étroits à d'autres cavités plus petites. C'est un véritable labyrinthe et, sans les précisions de Marcus, j'aurais pu chercher longtemps. Les Oreilles coupées aiment visiblement dessiner et écrire. La paroi a préalablement été enduite d'une couche d'ocre rouge. Ils l'ont ensuite grattée pour faire réapparaître la roche grise d'origine. Je ne sais où porter le regard. Il y a beaucoup de portraits exécutés avec plus ou moins de dextérité, des dessins d'animaux et de nombreux signes inconnus. Certains ressemblent aux tatouages portés par les habitants des grottes. Dans une cavité un peu à l'écart, je trouve des dizaines de masques modelés dans l'argile et fixés sur la paroi. Les nez sont écrasés, les bouches déformées et les yeux toujours clos. Tous semblent crier leur souffrance.

J'égrène les noms qui sont inscrits en dessous : Reniglas, Ligarnes, Azdrel, Nardre, Nerdra...

Quelqu'un s'est approché. Je l'entends respirer difficilement. J'ai envie de me retourner pour voir à quoi il ressemble. Je jette un coup d'œil furtif dans sa direction. Il est à genoux. Ses cheveux masquent son visage comme un rideau épais qui ondule au rythme de ses lamentations. Au deuxième regard que je lui lance, je comprends soudain qu'il est debout. Je sens mes jambes qui se dérobent. Je sais à qui j'ai affaire : à un monstre-soldat déguisé. Peut-être est-il venu me chercher. Dans mon état, je ne me sens pas apte à me défendre. Et qui m'entendra crier dans ce lieu isolé ? Je suis cloué au sol, incapable de faire le moindre pas. J'ai peur... que tout recommence comme avant.

Le monstre-soldat s'approche.

– Tu n'as rien à craindre de moi, me glisse-t-il sur le ton de la confidence, je n'appartiens plus à ceux de la Maison. Ne dis pas aux autres que je t'ai parlé, on me l'a interdit. Je me suis promis de venir chaque semaine rendre hommage à mon frère et je ne savais pas que tu viendrais par là.

Il rejette ses cheveux en arrière et je découvre son visage bosselé et ses yeux rouges de fatigue. Comme je ne bouge ni ne réponds, il insiste :

– Tu dois partir maintenant.

Je retourne vers notre cage, l'esprit encore imprégné par cette visite qui sentait la mort et la douleur. À cet instant, je me jure que l'île ne sera pour moi qu'une étape vers l'ailleurs, vers le monde qui se cache derrière l'horizon. Il existe sans doute, quelque part, un lieu où une vie libre et sans menaces est possible. Dès que j'irai mieux, je partirai à sa recherche et j'emmènerai mes amis.

Ce matin, je gravis sans trop d'efforts les barreaux de l'échelle principale. Marcus me suit, au cas où je glisserais. Mais je suis sûr de réussir. À mesure que je grimpe, je sens l'air frais remplir mon corps. Une fois que j'arrive en haut, la lumière me fait cligner des yeux. Ma blessure a bien cicatrisé. C'est juste une gêne, plus une souffrance. J'y suis ! J'ai la tête dans le ciel. Je me saoule d'air jusqu'à en être étourdi. C'est ma première immersion en plein jour depuis... je ne me rappelle pas qu'il y ait eu un jour comme ça avant. L'odeur des pins m'assaille. Elle me renvoie à notre nuit de fuite, lorsque, tapis sous les branches piquantes, nous écoutions Titus. Mon nez s'était empli de ce parfum tenace.

Marcus me ramène à la réalité :

– Méto, pour une première sortie au grand air, je crois que c'est suffisant.

– Oui, tu as raison, je descends.

Arrivé en bas, je suis un peu sonné. Un Chevelu m'attend et m'observe.

– Je vois que tout s'est bien passé, déclare-t-il. Je peux donc fixer une date.

Il parcourt des yeux plusieurs feuilles chiffonnées puis ajoute avec un petit sourire qui ne me dit rien de bon :

– Votre procès commencera dans cinq jours. Profite de tes amis, Méto. Ce sont peut-être tes derniers instants avec eux.

Son regard ne trahit aucune émotion. Pour lui, je ne suis pas plus important qu'une fourmi qu'on écrase en marchant. Un frisson me parcourt le corps. Il s'éloigne, visiblement content de son pouvoir. L'image qui me vient à ce moment précis, c'est celle d'un César qui aurait laissé pousser ses poils, son ventre aussi.

CHAPITRE 3

Le grand jour est arrivé. La salle principale a été organisée pour le procès. Trois cercles concentriques ont été tracés dans la terre à l'aide d'une ficelle reliée à deux bâtons. Le premier est planté au centre et l'autre sert à dessiner les trois circonférences. Claudius et moi avons été placés debout, au centre. La longue procession des Chevelus fait son entrée. Les premiers longent les cercles, en commençant par le plus grand. Les places doivent être déterminées à l'avance car ils s'arrêtent l'un après l'autre et s'assoient. La répartition dans l'espace semble parfaite : un cercle de six, puis un second de douze et un dernier de vingt-quatre. Ceux qui sont le plus proches de nous appartiennent donc au premier cercle, le plus important. Le silence est glaçant.

Je cherche désespérément dans l'assistance des visages connus ou bienveillants pour me rassurer, mais tous baissent la tête, n'offrant à mon regard que leur épaisse tignasse. Quant à nos camarades, ils sont interdits de procès.

Un des hommes proches de moi se lève et déclare d'une voix forte :

– Nous sommes ici pour savoir pourquoi les Petits, représentés par leurs deux chefs Claudius et Méto, se sont lancés dans cette aventure hasardeuse qui a tant coûté à notre communauté. Dix disparus dans nos rangs, dont Nardre, notre ancien chef. Vingt-cinq parmi ces gamins sans cervelle. Nous chercherons aussi à comprendre s'ils ont simplement agi par bêtise et ignorance, ou s'ils ont été des marionnettes entre les mains de Jove. Dans ce dernier cas, nous devrons évaluer leur degré de complicité et en tirer les conséquences.

Celui qui parle s'appelait Cassius à la Maison. Je n'ai pas eu le temps de beaucoup le voir. Je me souviens que les Rouges le regrettaient car c'était une grande figure de l'inche, un nettoyeur intraitable.

– Les Petits, reprend-il, si vous vous adressez à moi, apprenez que mon nom est Nairgels. Je suis le chef des Oreilles coupées. Drazel le Sage dirigera la séance. Mes frères, vous savez le danger que nous courons en nous réunissant tous aujourd'hui. Le procès ne doit pas être interrompu. Faisons confiance à Drazel pour parler en notre nom.

Le chef s'est assis et, les uns après les autres, en suivant l'ordre hiérarchique, tous relèvent la tête, comme une vague qui remonterait lentement un cours d'eau. Drazel s'est levé à son tour :

– Claudius, nous commencerons par toi, car tu as été contacté le premier par les serviteurs de la nuit... Peux-tu nous expliquer dans quelles circonstances ?

– Numérius m'a glissé un mot dans la main pendant que je dormais. Il me mettait en garde contre Paulus, qui espionnait selon lui pour le compte des César. Il m'a ensuite expliqué comment nous pouvions correspondre. J'ai su dans quelles conditions misérables vivaient les serviteurs.

– De qui est venue l'idée de la rébellion ?

– Je ne m'en souviens pas. C'est arrivé naturellement.

– Ça ne veut rien dire, Petit. Qui en a parlé le premier ?

– Peut-être moi.

– Tes amis ont insisté sur ta loyauté, Claudius, intervient Nairgels, et je sais qu'il te sera impossible de mettre en cause un proche, même, peut-être surtout s'il est mort comme Numérius. Sache que nous ne voulons que la vérité. Dans ton intérêt, reste honnête.

– C'est moi, reprend Claudius d'une voix plus assurée. Mais lui aussi le voulait. Je pense qu'il m'a parlé de ses conditions de vie parce qu'il n'en pouvait plus et avait besoin d'aide.

– Et c'est toi qui as contacté Méto ensuite ?

– Non, les serviteurs avaient arrangé le rendez-vous pendant une course.

Le sage se tourne vers moi :

– À ton tour, Méto.

Je raconte tout, depuis mon dernier séjour au frigo où Romu m'avait fait comprendre que nous étions drogués pour dormir la nuit et qu'il se passait des choses pendant notre sommeil.

– C'est donc Romu, ce chien galeux, qui t'a mis au parfum ? insiste Drazel.

– En quelque sorte. C'est lui, le premier, qui m'a aidé à comprendre.

Le seul fait d'entendre prononcer le prénom du fils de Jove provoque de l'agitation dans les rangs des spectateurs, du dégoût et de la colère. Certains crachent même bruyamment ou font semblant de vomir.

Je suis alors invité à revenir sur tous les épisodes qui ont précédé notre fuite. Je dissèque le contenu de chaque courrier reçu ou envoyé, la préparation de la révolte aussi. Avec moi, ils sont servis. J'ai diverti mes nuits d'insomnie par des exercices de mémoire. Je suis prêt. Je leur récite, dans l'ordre chronologique, toutes les phases de ma prise de conscience, les préparatifs de la révolte, avec les noms des participants et même le détail de nos échanges. Je le fais parce que je veux qu'ils comprennent, mais aussi pour retarder le moment où arrivera la question fatale.

– Méto, comment peux-tu expliquer que tu aies pu pénétrer et rester seul dans le bureau des César ce soir-là pendant l'étude ?

Ça y est, il l'a posée. Je fais l'innocent. Je vais le laisser parler mais je suis sûr qu'il en est arrivé à la même conclusion que moi.

– Je l'ignore, Drazel, dis-je timidement.

– Tu l'ignores ? Ça m'étonne. D'après tes amis, tu peux toujours tout expliquer. Tu es le « monsieur Je-sais-tout » de la bande. Alors ?

Je me tais.

– Je vais t'exposer notre théorie, reprend-il, et elle fait froid dans le dos. Personne, hormis Jove, ne pouvait ainsi dérégler la surveillance de la Maison. Il est le seul à disposer d'un tel pouvoir. Si tu as pu pénétrer seul dans ce lieu interdit, c'est que Jove l'a décidé.

Un murmure agressif monte dans la salle. Le chef l'interrompt d'un geste bref.

Je suis d'accord avec son analyse, à la nuance près que je crois que la complicité d'un seul César a pu suffire. Mais c'est déjà trop grave pour que je puisse l'énoncer devant l'assemblée. Je décide de semer le doute en contre-attaquant :

– Mais toi, comment peux-tu expliquer que Romu nous ait fourni des armes en nous indiquant les caches ? Elles ont tué des soldats et, entre vos mains, en tueront encore longtemps.

Je sens au silence qui s'installe que mon argument a porté. Drazel marque un temps avant de reprendre :

– C'est la seule erreur commise par Romu, sans doute dans un de ses accès de folie. Ou peut-être a-t-il voulu sauver quelques-uns d'entre vous, ses amis ou ses complices. Ce n'est pourtant pas un sentimental.

Il se tourne vers l'assemblée et lance :

– Mes frères, nous nous retrouverons demain pour annoncer notre sentence.

La salle se vide dans le même ordre parfait qu'à l'ouverture du procès. Comme un serpent qui se déroule et s'éloigne, la file des Oreilles coupées se reconstitue pour quitter la salle.

Il est minuit. Mes copains dorment, à l'exception de Claudius qui marmonne dans son coin. Parqués durant les débats, ils ont occupé leur temps à creuser la roche pour me construire une alvéole personnelle. Quand je les ai retrouvés pour le repas, je me suis efforcé de sourire pour les rassurer, comme si j'étais persuadé que le pire était passé. Ils m'ont montré ma future couchette.

– Ce n'est pas encore prêt, a précisé Marcus, mais dormir dans un lit est dangereux en cas d'attaque ou d'inondation. On essaiera de finir au plus vite.

– Merci, les gars. Vous êtes vraiment des frères.

– On te doit bien ça, Méto, déclare Octavius, la mine grave. On était tous ensemble et c'est seulement à vous deux qu'ils s'en prennent.

– Merci, mais ne vous inquiétez pas, les choses vont s'arranger.

Je sens que mon coaccusé a besoin de parler. Je l'appelle en chuchotant :

– Claudius ! Je peux venir cinq minutes ?

– Toute la nuit si tu veux. Je suis trop énervé pour trouver le sommeil.

Je grimpe dans son alvéole. Nous nous asseyons au fond, nos jambes se balançant dans le vide. Même si sa voix reste douce, j'y sens de la colère :

– Ils nous font passer pour des Petits un peu simplets, facilement manipulables, et qui, sans le faire exprès, ont commis une très grosse bêtise. Je n'aime pas cette idée. Il y a peu, nous étions les Grands et nous décidions seuls de nos destinées. Aujourd'hui, nous sommes rabaissés, comme des Bleu ciel tout juste tombés du nid et terrorisés par les César.

– Oui, c'est exactement ça. Mais, avec le temps, ils apprendront à reconnaître notre valeur. Pour l'instant, ils se méfient. Nous leur prouverons bientôt qu'ils ont tort, que nous sommes honnêtes, que nous ne voulons que le bonheur de tous.

– Et tu penses que nous n'avons pas commis d'erreurs ?

– Si tu fais allusion à Romu, je crois que nous avons eu raison de lui faire confiance.

– Mais il a tué Numérius de ses propres mains !

– Au début, je ne croyais pas trop à cette histoire mais, en y réfléchissant, j'ai trouvé une explication à cet acte odieux.

– Laquelle ?

– Il savait Numérius condamné à mort pour l'exemple. En se chargeant du crime, il pouvait, sans éveiller les soupçons, nous faire passer la liste de ceux qui devaient fuir à tout prix. Il a pensé que sacrifier un gars pour en sauver cinquante, c'était justifié.

– À sa place, tu l'aurais fait, toi ?

– Non, Claudius, mais j'aurais sans doute eu tort.

Ce matin, nous attendons dans le silence que le procès reprenne. Nairgels, le chef, a dans les mains une petite feuille pliée en deux. Il se lève :

– Mes frères, pour la sécurité de tous, je vais prononcer la sentence sans attendre.

Sa voix devient solennelle. Il déplie son papier mais le récite sans le lire :

– Le Premier cercle a décidé de voter la clémence pour ces Petits qui se sont laissé abuser par les ruses de Jove et de ses sbires. Éduqués à obéir plutôt qu'à réfléchir, ils n'ont pas compris qu'on leur tendait un piège. Nous n'avons pas décelé en eux de volonté de nous nuire ou de trahir leurs frères. Ils seront dès aujourd'hui à nouveau libres de leurs mouvements mais, par précaution, ils continueront pendant un an à être étroitement surveillés. Et plus tard peut-être, s'ils s'en montrent dignes, ils seront initiés. Mais, d'abord, le sang de nos frères appelle des excuses. À genoux, Claudius !

Mon copain se lance. Sa voix est posée. Il connaît son texte :

– Je m'excuse de tout mon cœur d'avoir causé la mort de vos frères, de Numérius et des autres. En voulant sauver les serviteurs, je les ai précipités vers leur fin. Pardon à tous : aux morts et aux vivants qui pleurent leurs amis.

Il se relève et se tourne vers moi. J'attends l'ordre.

– À genoux, Méto !

– Je m'excuse sincèrement d'avoir causé la perte de vos frères venus nous secourir ainsi que d'avoir provoqué la mort d'enfants et de serviteurs innocents en les entraînant dans ce désastre.

Un barbu au ventre énorme lève la main.

– Méto doit aussi s'excuser pour avoir fait confiance à ce chien de Romu !

– Oui ! hurle un autre, il doit renier ce chien de Romu !

Je dois aller jusqu'au bout. Je le sais. Je reprends :

– Je renie Romu à qui...

– Ce chien de Romu ! Dis-le !

La voix qui sort de ma gorge me paraît étrangère. Elle est tremblante et un peu trop forte :

– Je renie ce chien de Romu à qui je regrette d'avoir accordé ma confiance.

C'est ce qu'ils veulent entendre. Nous n'avons pas le choix. Nous voulons aussi pouvoir commencer au plus vite une nouvelle vie.

Le soir, c'est à mon tour de parler seul dans mon coin. Je me rejoue la scène du jugement et me répète ce que j'aurais pu dire si j'avais eu plus de courage : « Romu n'est pas Jove ! Il s'est opposé à son père, et souvent sans doute, sinon pourquoi aurait-il été condamné au frigo toutes ces années ? » Marcus est descendu de son perchoir et vient me toucher l'épaule :

– C'est fini, Méto. Tu dois penser à autre chose. Demain, tu viendras avec nous à la plage. Tu vas tremper tes pieds dans l'eau et les enfoncer dans le sable. Les journées sont épuisantes mais l'air qu'on respire dehors est vivant.

Ma formation commence. Il est prévu que nous, les douze rescapés, apprenions à connaître les différents groupes qui composent la tribu en partageant leurs tâches. Les autres m'expliquent que nous débutons tout en bas de l'échelle, par les Plageurs. Comme je l'avais deviné, la communauté est très hiérarchisée.

– La plage, c'est le refuge des lâches, des idiots ou des éclopés, des indignes, de ceux qui ont renoncé à se battre, me précise Radzel, qui m'a pris sous son aile mais que je n'aime pas. Ils sont loin de la frontière et des lieux de confrontation. Pour eux, la vie est sans risques.

Mes copains les connaissent bien : pendant leur quarantaine, c'est là qu'ils trimaient le plus souvent. Ils savent que le travail est dur. Les Plageurs sont souvent dans l'eau, récupérant les filets posés à marée basse ou encore courbés pour ramasser du bois flotté jusqu'aux dernières lueurs du jour. Beaucoup ont le corps abîmé, et leurs vêtements en lambeaux cachent mal leurs cicatrices. Certains boitent et sont incapables de courir. Ce sont des solitaires, des taiseux, des résignés. Mes copains pensaient qu'ils ne leur adressaient pas la parole à cause des consignes données avant le procès, mais ils n'en sont plus très sûrs. Aucun geste amical, aucun sourire. Mes premiers pas à l'extérieur sont un peu maladroits. Je mets plusieurs minutes à m'habituer à l'intensité de la lumière et à la force du vent. Je m'adresse à celui qui marche devant, peut-être leur chef :

– Bonjour, je suis Méto.

Il n'a même pas un regard. J'insiste :

– Et toi ? Comment t'appelles-tu ?

– Pourquoi tu demandes ça ? Mon nom n'a aucune importance.

Comme je reste près de lui, il consent à lâcher :

– On m'appelle Tordu. Ça te va ?

– Comment as-tu décidé de rejoindre les Oreilles coupées ?

– T'es vraiment un Petit, toi ! Tu apprendras que, dans la vie, on ne décide de rien, c'est la vie qui décide pour nous.

– Qu'est-ce que cela veut dire ?

Il souffle, visiblement exaspéré, me faisant sentir qu'il prend sur lui pour me répondre et que je vais devoir me contenter de cette ultime explication.

– Cela veut dire que je suis né pour servir les autres : les Petits de la Maison, les soldats dans les campements, les Chevelus sur la plage... Il faut bien que quelqu'un le fasse.

– Nous ne sommes pas des gens intéressants, intervient un autre, et trop parler apporte souvent des problèmes.

Claudius m'a rejoint et me glisse :

– Il n'y a rien à en tirer. Le seul qui nous parlait librement, c'était Louche, le cuisinier, mais ceux du Premier cercle nous ont vite interdit de le fréquenter.

La plage a sur moi et mes camarades un effet euphorisant. Les pieds nus dans le sable et les flaques d'eau, on ne peut s'empêcher de s'éclabousser ou de se jeter des algues collantes. On rigole comme jamais. On élève la voix, on crie même parfois. La pluie, le vent et le soleil semblent pénétrer mon corps et le nourrir. Le soir, je suis épuisé mais heureux.

– Vous verrez, si vous n'êtes pas déjà montés en grade, qu'on s'amuse moins l'hiver, quand l'eau glace le sang et infecte les blessures, lance Tordu un jour où nos rires l'agacent.

Notre groupe des survivants se scinde petit à petit en deux, sans qu'on l'ait consciemment décidé. Peut-être est-ce l'habitude acquise à la Maison de rester entre enfants de la même couleur, mais les anciens Violets ne nous adressent bientôt plus la parole, sauf quand les circonstances les y obligent. Certains, comme Brutus, avaient pourtant participé activement à la révolte avec nous. Un matin, je l'aborde sur la grève avant une pêche aux crabes :

– Brutus, pourquoi tu m'évites ?

– C'est comme ça, c'est tout.

– Non, j'aimerais comprendre. S'il te plaît. Explique-moi. Fais-le au nom de notre amitié passée.

Il marque un temps avant de répondre. Son visage est grave et je le sens ému.

– Après la bataille, nous avons vécu l'enfer, et toi, Méto, tu n'étais pas là pour nous protéger. Je ne suis pas le seul des anciens Violets à regretter la Maison. Nous n'aurions jamais dû t'écouter et te laisser décider à notre place de notre existence. À cause de toi, Cornélius... est mort, tué pendant la bataille.

Il reprend son souffle, visiblement au bord des larmes, et ajoute d'une voix sourde :

– Alors maintenant, laisse-nous en paix, Méto. Oublie-nous.

Je voudrais le prendre dans mes bras mais il me tourne le dos et retourne près de ses copains.

C'est Radzel qui semble avoir été désigné pour nous initier. Son ton condescendant nous insupporte mais nous sommes contents d'être enfin informés. Il nous apprend, à notre grande surprise et pour notre plus grand soulagement, que les Oreilles coupées se lavent parfois :

– Il est en revanche interdit de laver les vêtements qui doivent garder l'odeur corporelle de chacun pour des raisons évidentes de sécurité. Dans les combats nocturnes ou dans les grottes, c'est un des seuls moyens de se reconnaître. Je précise tout de même que les sous-vêtements peuvent être nettoyés aussi souvent que vous le désirez. Mais apprenez à les cacher quand ils sèchent, car c'est comme cela que les fainéants, comme moi, font leur lessive. On vole aussi beaucoup de linge neuf dans les campements.

– C'est pour ça qu'on nous a empêchés de nous laver pendant tout ce temps ? s'insurge Marcus.

– Oui, vous deviez d'abord imprégner vos vêtements. Un bon mois est une durée raisonnable pour que ce soit efficace. Et, surtout, l'endroit où sont situées les douches jouxte la frontière et on ne pouvait y emmener des traîtres potentiels.

– On pourra y aller quand ?

– Peut-être cette nuit. Je vais en parler au Premier cercle.

– Qu'est devenu Toutèche ?

– Vous le reverrez bientôt. Je ne sais pas si vous pourrez facilement le reconnaître. Il ressemble à un nouveau-né, précise-t-il en ricanant, sans que nous comprenions ce qu'il veut dire.

Je m'attends au pire.

Juste après le repas, à la nuit tombée, un Chevelu nommé Denrar vient nous chercher.

– Alors, les Petits, on a besoin de sentir bon ? Nous allons d'abord chercher le matériel : du savon, une serviette et même des slips, des chaussettes et des maillots propres ! Dès que nous serons dehors, il sera très important de garder le silence et de laisser un espace de deux ou trois mètres entre vous. Nous pouvons être la cible d'un tireur isolé. Sur place, vous pourrez vous détendre car la zone des douches est surveillée en permanence par nos guetteurs et *a priori* on ne risque rien. Mais rappelez-vous que l'ennemi est rusé. Certains sont morts d'un excès d'hygiène, précise-t-il avec un petit sourire ironique.

Nous le suivons sans mot dire. Après avoir quitté la grotte, nous empruntons d'abord un chemin étroit à flanc de falaise. Lorsque nous croisons des Chevelus, nous devons nous plaquer contre la paroi pour les laisser passer. Le sentier s'élargit ensuite quand nous traversons une petite clairière encombrée d'arbres couchés, qu'il faut enjamber. Nous descendons enfin le long d'une seconde paroi jusqu'à un large surplomb qui sert d'abri. Notre guide désigne du doigt six d'entre nous. Nous nous déshabillons et empilons notre linge crasseux à nos pieds. Juste ceints de nos serviettes, nous suivons ensuite le Chevelu pendant une trentaine de mètres. La terre, à cet endroit, semble plus dure. Denrar s'accroupit et se met à balayer avec ses mains des branches qui jonchent le sol. Nous découvrons bientôt des planches de bois assemblées formant une terrasse. Denrar s'est glissé sous la plate-forme et nous l'entendons tourner un robinet qui grince un peu. L'eau froide nous éclabousse soudain comme une pluie puissante. Je n'ai pas compris d'où elle sort et ne suis que partiellement mouillé. Je me frotte énergiquement avec mon savon en évitant ma cicatrice encore sensible. Le jet nous asperge de nouveau, moins fort mais un peu plus longtemps. Je me décale légèrement vers la droite pour mieux profiter du rinçage. Denrar coupe l'eau. Nous nous essuyons et remettons nos chaussures avant de retourner vers l'abri où nos camarades guettent notre retour pour prendre notre place. Nous nous rhabillons en silence. Je prends une grande inspiration avant de remettre, écœuré, ma chemise et mon pantalon sales. L'opération aura duré moins de cinq minutes.

De retour dans la grotte, chacun fait le point sur ce qu'il a perdu dans le noir : un slip pour l'un, une ou deux chaussettes pour d'autres.

– Il faudra apprendre à mieux vous organiser, annonce Denrar. Vous serez encore guidés la prochaine fois mais ce sera la dernière. N'oubliez pas qu'il est interdit d'aller se doucher à moins de quatre, le risque est trop grand. Beaucoup ne sont jamais revenus.

Même si la crasse n'a pas complètement disparu et que certaines parties de mon corps me démangent encore un peu, je sens que je vais mieux dormir.

Ce matin, lorsque nous le voyons, nous comprenons le sens de l'expression « nouveau-né » employée par Radzel pour qualifier l'apparence de Toutèche : il est entièrement rasé et, quand il soulève ses lèvres, on ne voit plus rien. Une colle brunâtre a été passée sur ses gencives et ses dents. Il ne peut plus écarter les mâchoires. Un trou circulaire a été percé au centre pour faire passer une paille. Radzel nous précise, avec un petit sourire en coin, que la « muselière » est la punition prévue pour ceux qui mettent en danger la sécurité du groupe en parlant trop, malgré les consignes strictes. La durée de la peine dépend de la quantité de matière utilisée, sachant que le seul moyen de s'en débarrasser est de produire un maximum de salive et d'user la colle en frottant avec sa langue. Cela peut prendre deux à trois semaines pour tout éliminer.

– Il va en baver, conclut-il, goguenard.

Il est très fier de son jeu de mots qu'il a dû préparer. J'interviens :

– Et le crâne et la barbe rasés ? C'est pour l'humilier ?

– Non, pas seulement. Vous verrez vite qu'ici les membres les plus importants portent le poil long. C'est signe de courage et d'ancienneté. Car, dans le combat, on s'attrape par tout ce qui dépasse. Plus vous êtes sûr de votre force, plus vous offrez de prises à l'adversaire. Les trouillards aux cheveux courts et les enfants ne font pas partie du jeu.

– Cela veut dire que Toutèche reprend tout à zéro ?

– Tu as bien compris. Vous allez pouvoir profiter de sa « conversation » car il ne pourra rejoindre son clan qu'à l'issue de sa peine.

Il nous sourit comme s'il nous voulait ses complices. Nos regards marquent plutôt la stupeur ou le dégoût devant tant de cruauté. À peine s'est-il éloigné que nous nous précipitons pour entourer Toutèche. Marcus bredouille, troublé :

– C'est de ma faute. Excuse-moi.

Le puni fait non de la tête. Ses yeux se veulent rassurants mais ils ont perdu cette expression que j'aimais tant. Je ne serai jamais du côté de ses bourreaux, même s'ils nous ont sauvé la vie. Je me promets de régler notre dette au plus vite et de les quitter.

Nous partons travailler sur la plage. Aujourd'hui, nous devons rechercher des appâts pour la pêche : des petits poissons, des vers, des crustacés… Notre groupe se disperse pour explorer les rochers découverts à marée basse. Dans une flaque d'eau, je trouve deux oiseaux morts. Je demande à Tordu si leur chair est comestible. Il s'approche et me demande :

– Tu ne les as pas touchés ?

– Non.

– C'est mieux. Ils ont les yeux blancs, tu vois. Ils sont morts infectés. Je vais les rapporter à la grotte, on me dira si c'est grave.

Au moment du déjeuner, les Plageurs se rassemblent à l'écart. Ils semblent troublés par le phénomène, comme s'il leur rappelait quelque chose.

Toutèche profite de la pause pour communiquer avec nous en écrivant sur le sable. Il veut absolument rassurer Marcus. Cette punition couvait depuis plusieurs mois. Il l'analyse comme une vengeance d'un des clans qui composent la communauté. Depuis sa victoire au combat contre un certain Nacofu, les autres voulaient sa peau. Notre nouvel ami savait qu'ils trouveraient un moyen de le piéger tôt ou tard. Il reviendra plus fort et prendra sa revanche.

Notre découverte du matin entraîne notre convocation, à Claudius et à moi, au sein du Premier cercle.

– Demain, commence Nairgels, vous ratisserez toute la côte. Il faut éviter que le reste de la chaîne alimentaire ne soit contaminé. Vous brûlerez les cadavres. Vérifiez bien que tout le monde mette des gants. Les Plageurs sont un peu suicidaires, ils négligent souvent les règles de sécurité.

– Et... la Maison... comment être sûrs que les enfants ne seront pas intoxiqués non plus ? ose demander Claudius.

– Ils seront prévenus. C'est prévu.

Comme il semble dans de bonnes dispositions, je me lance :

– Comment faites-vous pour communiquer avec eux ?

– Tu es bien curieux ! Mais, après tout, ce renseignement n'est pas confidentiel. Dans ce cas précis, on va catapulter un oiseau mort lesté d'une pierre gravée contre une des baies vitrées. On fera ça demain dans la matinée, quand les enfants seront réveillés.

– Et vous savez ce qu'ils ont fait aux Petits après notre évasion ?

– Tu connais leurs méthodes ? Ils ont désigné quelques coupables au hasard pour en faire des exemples. Autre chose ?

– Nairgels, je voulais te parler des objets que je transportais à mon arrivée et qui ont été confisqués.

– Je sais de quoi tu parles. Je crois qu'ils sont plus à leur place entre nos mains.

– Je pense que je pourrais vous être utile pour ouvrir le classeur gris, enfin, si vous voulez.

– Explique.

– C'est-à-dire que... je sais déjà comment il ne faut pas faire.

– Nous en reparlerons. Allez dormir et n'oubliez pas ce que je vous ai dit.

Ce matin, Marcus marche en silence près de moi. Je sens qu'il va me demander quelque chose.

– Méto, je sais que tu as compris beaucoup de choses sur les mystères de la Maison, mais tu ne m'as jamais raconté. Quand tu voulais, j'avais peur, ensuite, pendant la révolte, nous n'avions pas le temps, et après la bataille nous avons été séparés...

– Je peux te dire ce que je sais, ou plus précisément ce dont je suis à peu près sûr. Qu'est-ce que tu veux savoir ?

– Pourquoi la Maison est-elle cachée dans un volcan, sur cette île isolée ?

– Jove a choisi cet endroit perdu pour se cacher du monde parce qu'il nous a enlevés de force à nos familles et qu'on nous recherche...

– Et depuis tout ce temps, personne ne nous aurait retrouvés ?

À cet instant, je comprends que ce que je viens d'énoncer est plus une espérance qu'une vérité objective.

– Et pourquoi avoir créé cette Maison ? reprend-il.

– Je crois n'avoir deviné qu'une des raisons qui ont poussé Jove à construire cet endroit. Il me semble qu'il a voulu fabriquer un monde qui soit à l'échelle de ses fils, Romu et Rémus, qui ont gardé, malgré les années, leurs corps d'enfants. Jove voulait peut-être qu'ils ne souffrent pas trop de leurs différences.

– Toutes ces douleurs supportées par des centaines d'enfants depuis si longtemps pour les deux siens !

– Sans doute.

– Mais pourquoi a-t-il enfermé Romu au frigo pendant toutes ces années ?

– Romu a dû très vite comprendre qu'il vivait dans le mensonge ; il a dû menacer de tout révéler à son frère ou peut-être a-t-il cherché à s'enfuir.

– Tu penses que Rémus est encore dupe ?

– Oui. Il a une intelligence et une maturité qui ne correspondent même pas à sa taille. C'est encore un petit garçon dans sa tête. Je crois qu'il n'a jamais douté.

– Mais, d'après toi, ça n'explique qu'en partie l'existence de la Maison ?

– Oui. Si c'était pour donner le change à ses fils, une dizaine d'enfants, un précepteur, quelques aides dans un lieu un peu à l'écart auraient suffi, tu ne penses pas ? C'est trop grand, tout ça. Pourquoi soixante-quatre enfants, des dizaines de gardes et de serviteurs ? Pourquoi tolérer, voire peut-être protéger la vie de dizaines d'Oreilles coupées qui se nourrissent grâce à la Maison ? Et je ne te parle que de la partie que nous connaissons car, derrière ces portes closes, combien de personnes travaillent dans les laboratoires, à l'hôpital et dans plein d'autres endroits dont nous ignorons l'existence !

Nous arrivons sur le lieu du ramassage. Chacun enfile ses gants. Tordu constitue des groupes et nous assigne des zones à explorer. Je fais équipe avec Titus et un Plageur dont je ne connais pas le nom. Peut-être est-il muet car il utilise un langage uniquement composé de mimiques et de signes. Nous le suivons. La récolte s'avère importante. Nous trouvons des oiseaux piégés entre les rochers par paquets. Certains ne sont pas morts. Notre guide les achève à coups de botte. Nous écrasons au passage, par précaution, tous les crustacés attirés par les cadavres. Quand nous rejoignons les autres, je vois Marcus, à l'écart, qui me fixe. Je m'approche de lui. Il m'attendait et souhaite que nous restions discrets.

– Tout à l'heure, quand j'explorais une grotte, j'ai entendu une voix de petit enfant qui criait. Elle semblait venir du plus profond de la caverne. J'ai appelé ceux qui m'accompagnaient. Mais au moment où ils se rapprochaient de moi, la voix s'est tue. J'ai fini par croire, comme un Plageur me le suggérait, que c'était un simple écho et que je m'étais trompé. Mais quand les autres se sont éloignés, ça a recommencé et, là, c'était plus précis.

– Tu as compris ce qu'elle disait ?

– Je ne sais pas si tu vas me croire. On m'appelait par mon prénom.

– Qu'est-ce que tu as entendu au juste ?

– « Olive ! Olive, viens me voir ! »

– Tu es sûr ?

Le visage de mon camarade ne présente aucun signe de doute. Je suis troublé. Marcus est persuadé qu'Olivier est son vrai prénom, celui qu'il portait avant son entrée dans la Maison. Je m'apprête à poser la seule question qui pourrait expliquer une partie de ce mystère, mais il me devance :

– Il n'y a que toi qui saches mon vrai prénom, Méto.

– Et après, tu n'as pas tenté de te rapprocher de la voix ?

– J'ai essayé mais Titus m'a fait signe de revenir, m'expliquant que les oiseaux ne nichaient pas si loin et qu'il était l'heure de rejoindre le grand groupe. Je voudrais y retourner avec toi.

Avant que j'aie le temps de répondre, je sens les regards de tous nos compagnons qui convergent sur nous. Nos confidences commencent à intriguer. Je souris et nous retournons nous mêler aux autres.

Titus nous interpelle :

– Vous parliez de quoi ?

– On s'interrogeait sur cette maladie, dis-je, son origine, sa dangerosité. Disons qu'on est inquiets.

– On doit faire confiance aux Anciens. Ils savent ce qu'ils font, assure-t-il.

– C'est ça, c'est ça, ajoute le chef des Plageurs sur un ton peu convaincu, faites confiance aux Anciens. Bien, tout le monde m'écoute ? Avant de manger, nous allons réunir du bois pour brûler toutes les bêtes. Ne vous éloignez pas trop et restez à plusieurs. On se retrouve dans un quart d'heure.

C'est l'occasion ou jamais. Nous attirons Octavius au passage. Claudius, qui semble avoir compris que nous avons une idée en tête, entraîne Titus à l'opposé. Nous suivons Marcus qui court. Devant l'entrée de la grotte, nous demandons à Octavius de commencer à entasser quelques branches tout en faisant le guet.

L'intérieur se rétrécit vite et on ne peut se faufiler que l'un derrière l'autre et accroupis. On s'arrête bientôt pour écouter. Je n'entends rien. Marcus se retourne et chuchote :

– Recule et ne bouge plus. Je crois qu'il veut que j'y aille seul.

Il n'attend pas mon assentiment et continue sa progression. À peine s'est-il éloigné que, déjà, une boule d'angoisse se forme dans ma poitrine. Et si c'était un piège ? L'attente me semble longue. Soudain, j'entends un cri d'effroi. Je mets quelques minutes à rejoindre Marcus. Il est évanoui. Je le tire vers l'extérieur. Ses pieds traînent et s'enfoncent dans le sable mouillé. J'arrive épuisé à l'entrée. Marcus semble tétanisé, ses poings sont crispés. On distingue quelques gouttes de sang à l'arrière de son crâne. Octavius se précipite.

– Qu'est-ce qu'il a ? On doit retrouver les autres tout de suite ou ils vont s'inquiéter.

Quelques petites claques réveillent bientôt notre ami. Pas le temps de discuter : nous le remettons debout et ramassons le bois rassemblé par notre guetteur. En courant rejoindre les autres, je leur lance :

– Pas un mot sur le sujet. On attend la nuit pour en reparler.

– D'accord, Méto, souffle Marcus.

Dans le silence et la quasi-pénombre, nous attendons d'être sûrs que tout le monde dorme pour grimper dans l'alvéole de Claudius : nous le considérons toujours comme notre chef. Personne n'évoque le fait que Titus, notre ami, n'ait pas été invité, mais je crois qu'à cet instant chacun pense à lui. Marcus refait à Claudius le récit complet des événements. J'apprends ce qui s'est passé au fond de la grotte au moment du cri.

– Une main m'a saisi le bras. J'en ai eu le souffle coupé et je suis tombé évanoui contre un rocher. Je ne me suis réveillé qu'à l'extérieur, quand Méto m'a secoué.

– Tu es sûr que c'était une main... humaine ? Ce pourrait être un animal, une chauve-souris, un rat... qui t'aurait effleuré, propose Octavius.

– Non, c'était quelqu'un ! Regarde ce que je tenais serré dans ma main en sortant.

Marcus tire de sa poche droite un petit papier couvert d'une écriture malhabile. Je me penche pour attraper la lampe à huile qui occupe une des petites niches.

Olive,

Je peux te livrer des informations sur ta famille. Je t'attendrai ici tous les soirs à minuit pendant les deux prochaines semaines. Viens seul.

CHAPITRE
4

Titus ne dormait pas. Je ne m'en suis pas aperçu pendant que je brûlais le message au-dessus de la lampe à huile ni même en remontant dans ma couchette. Je le réalise seulement à mon réveil, quand je constate que son alvéole reste vide trop longtemps. Je comprends tout de suite qu'il nous a entendus et qu'il s'est senti trahi par ses frères. Puisqu'il en est ainsi, il se tournera vers les autres. Ce matin, il a définitivement choisi son camp. C'est triste mais nous sortons du mensonge et je me sens soulagé. Je préviens mes amis. Je ferai le porte-parole au cas où nous serions interrogés sur notre discussion de la veille. Marcus me promet de ne pas intervenir. Nous attendons notre convocation en faisant comme si de rien n'était.

Un énorme Chevelu vient en effet nous chercher. Nous le suivons tous sans rien demander.

L'accueil est beaucoup moins amical que lorsqu'ils nous ont fait venir pour les oiseaux morts. À la manière des César, ils prennent le temps de nous scruter avant de s'adresser à nous, comme pour déceler notre angoisse ou faire monter la tension. Je ne sais pas pour les autres, mais j'ai vécu cette situation si souvent que j'en sourirais presque.

– Alors, les Petits, on attend vos explications. Soyez brefs et surtout convaincants.

Je regarde mes copains comme pour réclamer le droit de parler en leur nom. Ils acquiescent d'un hochement de tête. Je commence :

– Je pense que notre ami Titus vous a rapporté fidèlement l'échange que nous avons eu hier soir tous les quatre. Je connais son honnêteté et je sais qu'il n'a pas déformé les paroles que nous avons prononcées. Vous savez donc qu'aucune décision n'a été prise à ce moment-là pour tenter quelque chose sans vous prévenir. Nous avions besoin d'analyser la situation de notre côté. Mais, sachant combien la communauté a été frappée récemment à cause de nous, nous aurions décidé, je le sais, de tout vous raconter dès ce matin. Je suis pour ma part persuadé que tout ceci n'est qu'une mise en scène élaborée par ceux de la Maison pour récupérer Marcus.

Les Chevelus se regardent en silence puis leur chef intervient :

– On va encore une fois vous laisser le bénéfice du doute et supposer que vous auriez respecté votre parole. J'ai quand même une question : pourquoi avoir écarté Titus, ton « ami », de votre discussion ?

– On ne voulait pas qu'il croie qu'il avait à choisir un camp.

– Sache qu'il est de notre côté maintenant. Vous devez vous mettre dans le crâne qu'ici la sécurité prime sur tout le reste. Vous n'avez le droit à aucun secret envers nous. Nous devons tout savoir sur tout le monde. Nous seuls ensuite sommes aptes à faire le tri des informations. Marcus, tu restes avec nous ce matin. Les autres, retournez brûler les oiseaux. Et sachez qu'il n'y aura pas de prochaine fois.

– Et pour l'enfant qui m'a parlé, qu'est-ce que vous allez faire ? demande notre ami avant que nous ne soyons séparés

– Vous n'avez pas à le savoir, répond Nairgels d'un ton cassant.

De retour à la plage, nous retrouvons Toutèche qui me demande, par gestes, de lui expliquer pourquoi nous étions retenus auprès du Premier cercle. J'aperçois plus loin Titus qui baisse la tête. Je me débrouille pour que nous soyons affectés à la même zone de travail, car j'ai besoin de lui parler. Tordu montre au groupe ce qui constitue la frontière avec le territoire de la Maison : un petit rocher dont la forme évoque une tête d'oiseau de proie. Nous ramassons chacun notre lot de cadavres. Au moment de l'incinération, je me rapproche de celui qui, pour moi, reste notre ami. Il me fait face et affronte mon regard. Je suis partagé entre l'envie de lui faire des excuses et celle de lui faire des reproches.

– Titus, on ne peut pas t'en vouloir. On t'a écarté et tu étais donc libre de faire ton choix. Le fait que tu te rapproches des autres nous rend tristes car on sent qu'on te perd.

– Je veux m'intégrer au plus vite parmi les Oreilles coupées et devenir un combattant respecté. Je n'oublierai jamais ce que nous avons vécu ensemble mais je veux grandir. Et si cela nécessite que nous soyons séparés, tant pis !

Pendant le déjeuner, Toutèche nous montre l'état de sa bouche. Nous constatons le faible avancement du processus d'usure de la pâte à punir. Il nous explique, en écrivant dans le sable, que s'il frotte sa langue dessus sans arrêt, le produit peut devenir irritant et entraîner des saignements et une perte du goût. Octavius, qui a visiblement beaucoup réfléchi au problème, propose une solution :

– On pourrait desceller l'ensemble de la plaque pendant la nuit et la mettre à tremper dans un récipient pour que cela fonde plus vite. Il suffirait de la repositionner chaque matin avec une colle alimentaire.

– Une colle alimentaire ? interroge Claudius.

– On peut utiliser du sucre. Quand on le chauffe avec un peu d'eau, il devient liquide puis se solidifie en refroidissant, et il a une couleur vraiment semblable à ce produit. En plus, le goût est bon. Il y a malgré tout quelques risques de brûlures. J'ai fait le test cette nuit au-dessus d'une lampe à huile. Vous pouvez voir le résultat.

Octavius soulève ses lèvres et nous montre ses dents du haut. À la limite avec les gencives, un cordon marron irrégulier est fixé sur l'émail. Il passe sa langue dessus en souriant. Toutèche semble convaincu.

Marcus revient dans l'après-midi ; il a l'air presque joyeux, comme s'il avait réussi à jouer un bon tour à quelqu'un. Moi qui avais peur que ces brutes ne le terrorisent ou ne le frappent, j'ai le pressentiment que cela cache quelque chose. Il vient me rejoindre près du bûcher. Je demande :

– Tout s'est bien passé ?

– Oui, ils n'ont pas mis mon témoignage en doute. Ils m'ont fait répéter chaque mot pour qu'ils puissent retranscrire le récit de cet épisode, que j'ai dû signer. Ils m'ont indiqué qu'ils allaient faire fouiller les grottes pour retrouver des indices. Ils voulaient surtout être sûrs que je n'irais pas faire une bêtise tout seul, alors je les ai rassurés.

– Tu n'iras pas ?

– Non, je n'irai pas... tout seul. Je leur ai même promis et juré.

Il scrute mon visage à la recherche d'une réaction et ajoute :

– Je n'irai pas tout seul puisque tu viendras.

Et Marcus part dans un grand éclat de rire. Malheureusement, je sais qu'il ne plaisante pas. Je connais son esprit buté. Je me souviens qu'à la Maison, il refusait de me parler des jours entiers parce que je prenais trop de risques. Ce qui le rendait totalement inoffensif jusqu'à maintenant, c'était la peur. Mais comme il a survécu à la révolte, il se croit désormais invincible. Les chefs du Premier cercle ont dû déjà tout lui expliquer et mes arguments risquent eux aussi de tomber à plat. Je tente néanmoins de le faire changer d'avis :

– As-tu réfléchi à ce qui t'est arrivé pendant la bataille ? À ta perte de connaissance probablement due à une injection ? Ils ont déjà, à ce moment-là, essayé de te récupérer. Je crois qu'ils ont été surpris que tu t'évades avec nous car c'est eux qui ont tout fait pendant des années pour te rendre peureux. Je suis persuadé que tu représentes beaucoup pour Jove et ses amis.

Son visage devient grave. Je suis content qu'il n'ait pas balayé mon raisonnement d'un revers de la main. Mais je sais que la partie n'est pas gagnée pour autant. Il me glisse avant de s'éloigner :

– On en reparlera un peu plus tard.

À la nuit tombée, pour la première fois, nous sommes invités à nous approcher du feu de bois. C'est un rituel que nous observions de loin jusqu'à maintenant. Tous les clans sont présents et discutent chacun dans son coin. Nous écoutons les conversations sans toujours bien les comprendre. Quelques Chevelus s'écartent bientôt de leur groupe pour s'entraîner aux différents types de lutte. J'assiste à un combat sur échelles. Les deux adversaires se font face pendant plusieurs secondes. Ils déterminent ensemble le moment de l'affrontement. Les deux échelles sont plantées à environ deux mètres de distance. Chaque combattant grimpe quelques barreaux et vient violemment percuter l'autre en se projetant vers l'avant. La lutte s'engage alors à coups de tête, de poing et de pied. Chacun cherche à déséquilibrer son adversaire et à le jeter par terre. Ceux que je regarde finissent ensemble dans la poussière. Ils se relèvent, se prennent dans les bras et se congratulent. L'un des deux est désigné vainqueur, peut-être parce qu'il a touché terre quelques secondes après l'autre. En les voyant côte à côte, je distingue mieux les ressemblances dans leurs accoutrements. Ils portent le même signe, sur leur visage et leurs vêtements : deux petits triangles dont les angles les plus aigus pointent vers le bas, semblables aux crocs d'un fauve. Le premier s'appelle Ganeslir. C'est lui qui est venu secouer mon lit quand j'étais seul et abandonné dans le noir. Son copain se nomme Slirgena. Ces noms sont composés avec les mêmes lettres, comme deux autres noms dont je me souviens, qui étaient gravés sur le mur près des visages déformés. Relignas, Ligarnes. Si je remets les lettres dans l'ordre, je dois pouvoir reconstituer le mot d'origine. « Sanglier » ! C'est donc le clan des Sangliers. Je sais que bientôt je décrypterai les autres.

Des combats s'engagent maintenant autour de bassines d'eau sale. Les gars s'empoignent par les nattes ou les barbes et essaient de se contraindre mutuellement à boire la tasse. Mes copains ne semblent pas se lasser de ces spectacles. Moi, je cherche un visage familier qui pourrait m'accueillir dans son cercle de discussion. Je n'aperçois que l'ancien monstre-soldat que j'ai rencontré le jour où j'ai découvert le « mur des grimaces ». Il se tient un peu à l'écart, appuyé à une paroi. Je décide de l'aborder :

– Je peux m'asseoir près de toi ?

– Si tu n'as plus peur de moi, Méto, sois le bienvenu. Mon nom est Affre.

– Et tu n'appartiens à aucun clan ?

– Tu as déjà déduit ça ? J'avais entendu que tu savais réfléchir, on ne s'était pas trompé. Je sais aussi que tu aimes beaucoup poser des questions.

– J'aime surtout comprendre.

– Et tu t'intéresses aux autres. Tu as donc sans doute compris que certains membres de cette communauté étaient hors cercle. La plupart du temps, cela résulte d'un choix individuel. Lassé, ou incapable, pour cause de blessures, de conserver son rang dans la hiérarchie, on se met hors jeu. On est alors seulement toléré au vu des services rendus par le passé. On perd son nom d'initié, qui sera libre pour un autre, ainsi que son droit de vote aux assemblées. Je parlerai volontiers avec toi une autre fois mais il est temps que je regagne ma couche. Je me fatigue très vite à mon âge. Mon corps devient soudain si douloureux qu'il m'empêche même de réfléchir. Ah oui, j'allais oublier, s'il te prenait l'envie de faire une bêtise...

– Pourquoi ferais-je une bêtise ?

– Tout le monde ressent le besoin de prendre des risques inconsidérés, le plus souvent pour de nobles sentiments, comme l'amitié ou la fidélité. Donc, si un jour tu vois que tu vas passer à l'acte, n'hésite pas à m'en parler avant. J'ai beaucoup d'expérience dans ce domaine et je pourrai sans doute t'aider. Bonsoir, Méto.

– Bonsoir, Affre.

Revenus dans nos trous, nous attendons que le silence s'installe pour aider Toutèche à tester l'idée d'Octavius. Il appartient au clan des Chouettes, ce qui paraît normal pour un guetteur. Heureusement, son alvéole n'est pas trop éloignée des nôtres. C'est Octavius et moi qui aiderons notre nouvel ami pour cette première opération, Marcus et Claudius restant sur place pour surveiller le sommeil de Titus ou de tout autre curieux. Je repense à ma discussion avec Marcus. Je doute de lui faire entendre raison. Ce qui me rassure, c'est qu'il ne tentera rien sans moi. Je trouverai des moyens de retarder le plus possible cette aventure. Et Affre ? Puis-je lui faire confiance ? Il semble si bien me connaître. C'est un peu comme s'il savait lire en moi. Cela en serait presque effrayant s'il n'avait ce regard doux et franc.

Octavius me presse le poignet. C'est l'heure d'y aller. Nous nous plaquons contre la paroi et rejoignons Toutèche. Octavius grimpe dans l'alvéole qui se trouve à deux mètres de hauteur. Je reste sur l'échelle et assure l'éclairage. Mon copain tire de ses poches une tasse en métal et une petite gourde, une cuillère à soupe et un canif. Il entreprend d'abord d'entamer la pâte au ras de la gencive inférieure de Toutèche, qui émet bientôt un petit gémissement et saisit l'instrument pour finir le travail lui-même. Il n'y arrive qu'au bout de longues minutes, non sans avoir souffert. À plusieurs reprises, de ses paupières crispées s'échappent des larmes. Octavius verse le contenu de la gourde dans la tasse et Toutèche met sa muselière à tremper. Il respire profondément avant de parler :

– Merci d'être venus, dit-il en se tordant la bouche. Rendez-vous dans six heures pour refaire la soudure. Bonne nuit. Attendez...

Il passe la tête à l'extérieur de l'alvéole et tend l'oreille. Il me fait signe de les rejoindre dans sa couchette. Une clameur s'amplifie doucement. Des gars sont en marche. Ils crient des phrases dont je ne parviens pas à saisir le sens. Quand ils se rapprochent, Toutèche nous plaque contre la paroi du fond. Il ne faudrait pas qu'on nous découvre là, on suspecterait un complot et la tricherie de notre compagnon serait peut-être dévoilée au grand jour. Ils sont une vingtaine à s'agiter et vociférer. Après quelques minutes d'attente, Toutèche chuchote :

– Ils sont partis à la chasse à l'enfant.

J'ai le sentiment d'avoir à peine fermé l'œil quand Claudius me réveille discrètement. Lorsque je le retrouve en bas de l'échelle, Octavius semble un peu soucieux. Toutèche nous accueille chez lui avec un large sourire. Il tient dans la main gauche la plaque de pâte qui semble s'être un peu affinée. Nous reprenons nos positions de la veille. Octavius sort une pincée de sucre de sa poche et la dépose dans la cuillère. Toutèche crache dedans. Je me retiens de rire. En quelques secondes, la flamme de la lampe fait son effet et un liquide marron apparaît comme par magie. Octavius verse délicatement le mélange sur l'intérieur de la muselière et, après une dizaine de secondes d'attente, la tend à notre ami guetteur qui la replace contre ses dents. Nous l'observons, un peu anxieux. Après quelques mouvements de lèvres, il lève son pouce en signe de victoire. Octavius et moi ouvrons la bouche en grand pour faire mine de crier notre joie puis nous regagnons nos couchettes afin de profiter de quelques instants de repos avant le lever du jour.

Sur le chemin de la plage, Claudius nous raconte ce qu'il a entendu au sujet de l'expédition de la nuit :

– Ils l'ont cherché pendant deux heures mais ils n'ont rien trouvé. Ils semblent penser qu'il n'y a jamais eu d'enfant et que le renseignement était bidon, ou bien que l'enfant aurait été prévenu de leurs intentions. Dans les deux cas, ils nous ont à l'œil.

Il se tourne vers Marcus qui ne réagit pas. Je profite des quelques minutes qui nous restent pour informer mes copains de ce que j'ai appris de l'ex-monstre-soldat.

– Tu crois que Affre, ça vient d'affreux ? demande Octavius. Comme Tordu, qui est un peu bancal ?

– Non, je pense que ce nom a une signification que nous ne connaissons pas.

– Et pour les autres clans, tu as trouvé ? interroge Claudius.

– Oui, mais à vous de faire l'effort. Si je vous dis : Nadrer, Nardre, Nerdra et Denrar ? Allez ! Faites marcher votre cerveau !

Piqués au jeu, mes copains se taisent jusqu'à ce qu'on arrive à notre aire de travail.

Je fais équipe avec Marcus qui, comme je le supposais, n'a pas changé d'avis. Il ne veut pas négliger le moindre renseignement qui lui permettrait de revoir un jour sa famille.

Nous passons au milieu de colonies d'oiseaux qui nichent parmi les cailloux à même le sol. Nous sommes accueillis par des piaillements franchement hostiles. Certains volatiles viennent jusqu'à frôler nos crânes avec leurs becs pour nous impressionner. Tordu décide de battre en retraite en nous assurant que ces oiseaux-là ne sont pas contaminés.

– C'est plutôt bon signe, dit-il. Les autres ont dû contracter la maladie ailleurs et sont juste venus mourir ici. C'est peut-être l'île de leur naissance et l'endroit où ils se reproduisaient chaque année.

Nous occupons notre après-midi à ramasser du bois. Marcus m'entraîne discrètement vers ce qu'il appelle la « grotte de sa famille ». Il entreprend de la fouiller. Je le regarde faire. Il soulève tous les cailloux à sa portée. Soudain, il se retourne. Il tient un papier à la main qu'il me lit sur-le-champ :

Olive,

Aie confiance. Les autres ne peuvent rien contre nous. À bientôt.

– J'en étais sûr. Figure-toi que j'ai rêvé cette nuit que je rencontrais mon frère, me lance-t-il en sortant.

– Et il ressemblait à quoi ?

– À toi ! Alors, forcément, ça donne envie de faire sa connaissance !

Maintenant, je sais que je ne pourrai l'éviter, ma fameuse « bêtise », aussi je lui déclare avec calme :

– Donne-moi trois jours pour préparer la rencontre.

Quand je rejoins Claudius, son regard est plein de reproches.

– Ne me dis pas que vous y êtes retournés ? Tu ne crois pas que nous sommes tous surveillés maintenant ?

– S'ils m'interrogent, je dirai que je l'ai convaincu mais qu'il a voulu y retourner une dernière fois.

– Si je comprends bien, il n'a pas renoncé ?

– Non, il faut qu'on gagne du temps, mais je ne sais pas comment.

– Il voudra s'y rendre la nuit, c'est ça ? Alors, on pourrait le droguer avec des somnifères tous les soirs... comme à la Maison.

Après lui avoir rapporté les paroles d'Affre, je fais part à Claudius de mon intention de retourner demander conseil à l'ancien monstre-soldat. Mon ami n'a pas confiance. Il pense que mon informateur est en mission pour le Premier cercle. Ils l'auraient chargé de découvrir nos secrets en sympathisant avec nous, car ils ont compris qu'ils n'obtiendront rien par la force.

– Et puis, ajoute-t-il, toi qui es si méfiant d'habitude, tu ne trouves pas bizarre d'avoir fait sa rencontre justement le soir de notre convocation devant le Premier cercle ?

J'y ai déjà songé, bien entendu, mais mon instinct me dit clairement que cet homme est fiable. Seulement, ça, je ne peux pas l'expliquer à Claudius.

Le soir, pendant le repas, une rumeur circule. Un match d'inche sera organisé le lendemain sur la plage.

Ces rassemblements pouvant mettre en péril la sécurité de tous, les Oreilles coupées essaient de garder la nouvelle secrète le plus longtemps possible. Les gars se réunissent par petits groupes pour mettre au point des stratégies. Je ne pense pas que les matchs opposent des clans car je ne vois pas qui pourrait faire le poids contre les Sangliers, qui regroupent les spécimens les plus impressionnants de la communauté. Je décide de retourner voir Affre. Claudius m'interroge du regard. Je le rassure d'un geste : ce n'est pas ce soir que je vais tout déballer à mon nouvel ami.

– Bonsoir, Affre.

– Bonsoir, Méto. Tu veux que je te parle de la chasse à l'enfant déclenchée par ton ami Marcus ? Sache qu'ici ces alertes sont prises très au sérieux. La Maison a plusieurs fois élaboré de savants scénarios qui utilisaient des Petits échappés ou naufragés. La confiance qu'on leur a accordée alors a causé de nombreuses pertes. Maintenant, on se méfie... Un autre problème, peut-être ?

– J'ai un copain qui dort très mal. Il doit s'être accoutumé aux somnifères de la Maison. À cause de cela, il est très...

– N'en fais pas trop. Dis simplement que tu as besoin que ton ami dorme.

– Plus précisément, c'est lui qui a besoin de dormir...

– Je crois que c'est un peu la même chose. Le seul endroit où on peut en trouver, c'est dans l'Entre-deux...

– J'y suis allé quand on m'a cru mort, on y soigne les blessés graves mais je sais qu'il s'agit d'un endroit sacré et interdit. On ne doit pas parler de celui qui... Alors j'imagine qu'on ne peut pas lui demander non plus de la poudre pour mon ami.

– En effet, tu devras trouver une autre solution.

– Bonne nuit, Affre.

– À demain, Méto.

Je suis énervé car ce « vieux » ne m'est d'aucun secours. Je vais devoir me débrouiller tout seul. J'ai entendu dire que la porte de l'Entre-deux ne comporte pas de serrure. Que la terreur et le respect qu'inspire cet endroit maintiennent tous les gars à distance. Mais moi, je sais qu'il n'y a rien de magique là-dessous, je l'ai déjà vu, celui qu'ils appellent le Chamane, et je ne suis pas mort pour autant. Je décide d'aller me coucher plus tôt car je dois rattraper ma courte nuit. Toutèche nous a dit qu'il se débrouillerait tout seul. Octavius me rejoint en courant.

– Toi aussi, tu es crevé ? Méto, je voulais également te dire que je suis là et que tu peux compter sur moi.

– Je le sais, Octavius. Bonne nuit.

Ce matin, Radzel vient nous avertir que nous devrons préparer le terrain pour le jeu. Il nous explique que la partie change d'emplacement à chaque fois pour éviter que les soldats ne montent un guet-apens. Près des deux tiers de la communauté seront présents. Nous devrons également vérifier le matériel et l'équipement, éventuellement faire des réparations. Même si je n'avais pas imaginé une seconde pouvoir participer, le rôle de serviteurs qu'on nous impose me déplaît. Dans ces moments-là, je comprends mieux Titus et son désir d'être initié au plus vite. Je pense aussi à Optimus et aux autres travailleurs qui nous ont servis chaque jour pendant des années, sans qu'on en prenne vraiment conscience. Ils n'auront pas pu saisir l'occasion de la révolte pour changer de condition. Combien sont morts ? Et combien, après de probables punitions, ont retrouvé leur misérable vie ?

Marcus profite de la présence de notre guide pour lui demander si on pourrait retourner se doucher.

– Déjà ? répond Radzel avec son sourire crispant. J'en parlerai à Denrar.

Nous commençons par récupérer de grands paniers remplis de pièces servant au carapaçonnage. Nous devons vérifier les lanières et en recoudre certaines. Octavius nous fait une démonstration. Nous sommes particulièrement impressionnés par sa dextérité à enfiler le fil dans le chas de l'aiguille. Je me rends compte que je ne m'étais jamais demandé comment on fabriquait ou réparait des vêtements. Installés sous de grands arbres, nous en profitons pour faire le point sur le nom des clans. Claudius commence :

– Alors, notre ami Denrar est un Renard, n'est-ce pas ? Leur symbole est une grosse larme. Pourquoi ?

– Je crois qu'elle figure la large queue de l'animal. Mais je n'ai pas vérifié.

Octavius se lance :

– Radzel est un Lézard. Une queue en forme de S est leur signe. Toutèche est une Chouette et porte un œil circulaire sur le front. Tu en connais d'autres ?

– J'ai eu affaire, avant de vous retrouver, à un Canofu du groupe des Faucons. Leur symbole est un triangle isocèle pointant vers la droite, dont on aurait tracé la médiatrice.

– Tu peux dire un bec d'oiseau, Méto, on comprendra, ajoute Marcus.

Cette remarque amuse mes amis. J'aime les voir joyeux, même quand c'est pour se moquer de moi.

Le match a lieu sur une plage proche de l'entrée principale. Ce sont deux équipes très élargies puisque chacune comporte douze joueurs. Le terrain est tracé en conséquence. Les spectateurs viennent s'agglutiner le long des lignes. Ils font office de murs. Deux paniers cubiques sont accrochés avec des ficelles sur le torse de deux Chevelus placés à chaque extrémité du terrain. Les Oreilles coupées ont revêtu leur équipement, des versions agrandies et rafistolées des modèles de la Maison. Les plus massifs ne sont que partiellement protégés par le carapaçonnage car on aperçoit de nombreux et larges espaces entre les pièces. Pour différencier les équipes, les joueurs arborent un bandeau de couleur. Les Rouges affronteront donc les Noirs.

Le match commence et je comprends vite que les spectateurs ne restent pas inactifs. Dès qu'un joueur se rapproche d'une des limites, des pieds se tendent pour l'atteindre. À l'occasion d'une tentative de tir, le gros qui tenait la petite cage subit une telle pression qu'il se retrouve propulsé sur le terrain. Il est renvoyé violemment par les joueurs à sa place. À la différence du sport pratiqué à la Maison, les actions sont moins lisibles. Les coups sont très violents et le plus souvent totalement gratuits. Des conflits se règlent dans certains coins sans que la partie soit interrompue. Et par qui pourrait-elle l'être ? Il n'y a pas d'arbitre. Les Noirs se lèvent soudain pour réclamer un arrêt de jeu aux Rouges. Il y a un blessé à évacuer. C'est le placeur, un certain Èprive. Les spectateurs s'écartent pour le laisser passer. Sans attendre, le match reprend avec un nouveau, imberbe celui-là. Quand il se rapproche de moi, le doute n'est plus permis, c'est Titus. Ils ont recruté Titus ! Je me demande si la fierté qu'il doit ressentir d'avoir été choisi n'est pas gâchée, à cet instant, par la terreur. Il s'infiltre dans les lignes adverses. Un énorme Sanglier lui sert de garde du corps. Bientôt, tous deux marquent un temps. Ils ont dû prévoir une tactique. Le gros saisit mon ami et l'envoie avec une force incroyable s'écraser contre les spectateurs. Titus roule à terre puis se dresse en hurlant. La boule lui arrive miraculeusement en pleine tête. Il mord dedans juste avant qu'elle ne touche le sol. Sans regarder, il l'envoie directement dans le panier. Au lieu de se lever pour laisser éclater leur joie, les joueurs se jettent sur Titus pour le recouvrir. On voit alors se construire une pyramide suante et grondante, qui se met à onduler. Après quelques minutes, le paquet se défait. Titus est porté en triomphe par ses camarades. Beaucoup des joueurs toussent ou crachent. Dans cette variante de l'inche, on mange beaucoup de sable.

Les spectateurs font aux gagnants une haie d'honneur vociférante, avant de regagner en courant leurs postes dans la grotte et à ses alentours. Les joueurs se rassemblent pour former une procession jusqu'à la mer. Ils se déshabillent et vont plonger dans l'eau froide en beuglant.

Nous devons, pour notre part, ramasser puis ranger le matériel, classer les pièces de rembourrage et mettre à tremper dans l'eau froide, comme nous l'apprend

Octavius, les combinaisons ensanglantées et trempées de sueur. Quand ils repassent, les héros du jour ne nous lancent pas un regard, pas même Titus, tout à son bonheur. Marcus est allé prendre des nouvelles du dénommé Èprive. Il n'a qu'un nez cassé et un traumatisme crânien sans perte de connaissance.

– Autrement dit, presque rien, commente mon ami.

Nous restons un long moment silencieux. Personne ne veut commenter le match qui nous a laissé un goût amer.

– Au fait, Méto, reprend Marcus, Èprive, c'est quel clan ?

– Les Vipères. Elles glissent en silence dans les hautes herbes et les rochers, elles nichent parfois dans des trous. Leurs morsures peuvent être mortelles. Tu te rappelles les cours ? On en sait des choses, quand même !

– Oui... On sait même comment agir pour freiner la progression du venin vers le cœur.

Denrar passe nous chercher pour la douche finalement autorisée. Cette fois-ci, il nous regarde faire et n'intervient qu'en cas d'erreurs importantes. Claudius ouvre le pas. Il a pris des repères et marche sans hésiter. Je ne crois pas que j'en serais capable. Nous sommes moins nombreux que la première fois. Pourtant, notre guide nous impose de passer en deux groupes. Ceux qui ne se lavent pas doivent être à l'écoute, prêts à intervenir en cas de danger. Pendant que nous attendons les autres, Marcus me glisse à l'oreille :

– Tu as vu que nous sommes situés au-dessus de la « grotte de ma famille » ? C'est à peine à quelques dizaines de mètres. On aura une excuse toute trouvée si on se fait surprendre, le jour où on choisira d'y aller.

Je n'ai pas envie de lui répondre. À cet instant, mon ami m'énerve. Je pense déjà à mon expédition du soir et aux risques que je vais prendre pour lui.

De retour dans la grotte, Denrar constate que nous avons fait des progrès car personne ne se plaint d'avoir égaré du linge pendant l'opération.

– C'est bien. Vous êtes mûrs pour y aller seuls la prochaine fois. Mais pensez toujours à avertir quelqu'un de votre sortie. Bonne nuit, les gars.

Dans mon alvéole, j'attends que tous mes copains soient endormis. J'essaie de visualiser le trajet qui me sépare de l'Entre-deux.

C'est le moment : je n'entends plus rien. Si je patiente encore un peu, je risque de m'endormir tout à fait. Je descends doucement de ma couchette et rejoins un des bassins d'eau sale. Je m'en asperge le visage et les bras avant de saupoudrer de la terre sur ma peau. Je rase les murs et m'accroupis aux abords des alvéoles.

Je traverse successivement les zones des Lézards, des Renards et des Sangliers. Je sursaute au bruit d'une brute qui éructe pendant son sommeil. Ça y est, j'y suis. Avant d'entrer, je prends le temps d'écouter. J'entends distinctement le bruit régulier d'une respiration. J'entrebâille à peine la lourde porte et je me faufile à l'intérieur. Des lampes brûlent sur le sol. Je me souviens de ces murs couverts d'une étrange écriture. Au fond, je distingue des étagères remplies de boîtes de médicaments. Elles sont toutes parfaitement rangées. Un gros livre intitulé *Principes de la médecine d'urgence* est posé sur une chaise. Je ramasse une lampe sur le sol et j'entreprends de lire tous les emballages, à la recherche de somnifères. Après une dizaine de minutes, je tombe sur quatre flacons de cachets blancs : des sédatifs puissants *recommandés en cas d'opérations graves comme des amputations*. Je décide de ne pas en voler un. Je vais plutôt mémoriser la notice et prélever une quinzaine de cachets dans les différentes fioles. Ce sera plus difficile à repérer. Ensuite, je repose la lampe et me dirige vers la sortie. Je suis attiré par l'odeur inhabituelle qui semble venir du recoin où dort le Chamane. Je me cale contre le mur et retiens ma respiration. Je sais ce que je risque s'il se rend compte de ma présence. Je détaille le dormeur. Ses longs cheveux cachent le haut de son visage. Je remarque que son menton est complètement imberbe. Avant de sortir, je me plaque contre la porte pour m'assurer qu'il n'y a pas de bruit suspect à l'extérieur. Tout est parfaitement calme. Je retourne à ma couchette.

Je suis fatigué mais j'ai du mal à trouver le sommeil, ce visage m'obsède. Il est comme celui d'un vieil enfant. Avant ce soir, je ne connaissais que deux personnes atteintes d'une maladie qui empêche de devenir adulte.

CHAPITRE 5

À l'aube, je grimpe dans l'alvéole de Claudius avant le réveil de nos compagnons et lui montre la poignée de cachets que j'ai réussi à voler.

– Je ne te demande pas comment tu as fait, commence-t-il.

– Non, c'est mieux que tu ne saches pas. Il faudra trouver une solution pour les lui faire avaler au moment du repas. Je ne suis pas sûr que le médicament n'ait aucun goût.

– Confie-moi quelques pilules, je vais faire des tests. Je serai prêt demain soir. D'ici là, reste près de lui et évite qu'il ne prenne des risques inutiles.

Toutèche nous explique pendant le petit déjeuner qu'il ne met plus sa muselière à tremper la nuit, car elle fond trop vite. Il ne veut pas battre des records ; cela pourrait laisser croire qu'il a triché ou bien que la pâte n'était pas assez épaisse au départ et qu'il faudra augmenter la dose pour la prochaine fois. Il ira donc montrer au Premier cercle qu'il a fini sa peine en début de semaine seulement. Il se passe sans cesse la main sur le menton en souriant. Sa barbe commence à être visible. Ce n'est déjà plus un nouveau-né.

Radzel vient nous annoncer que nous quittons les Plageurs pour rejoindre ceux qui entretiennent les galeries.

– Ce matin, il s'agira d'une simple visite mais, dès cet après-midi, vous manierez la pioche et la pelle. Finies, les promenades au grand air !

C'est Èprive, avec un bandeau autour de la tête et son nez bleuâtre, qui nous sert de guide. Il essaie de sourire mais on sent qu'il n'est pas tout à fait remis de son choc de la veille et qu'il peine à trouver ses mots.

– Nous allons circuler le plus souvent à couvert, explique-t-il. Dans les souterrains, les risques d'éboulement sont réels. La roche s'effrite suite aux pluies ou aux dégradations volontaires de nos ennemis. Nous devons laisser des espaces entre nous lorsque nous progressons et porter les casques de l'inche.

Nous nous enfonçons en file indienne dans un boyau étroit où l'on ne peut progresser qu'à quatre pattes. Nous débouchons dans une première chambre percée d'un trou circulaire à son sommet. Elle ressemble à s'y méprendre à l'endroit où j'ai atterri pendant la bataille.

– Voici une entrée de secours. Quand vous fuyez l'ennemi à la surface, vous pouvez emprunter ces passages secrets. Si vous participez un jour à la « chasse » ou à une bataille, vous apprendrez à mémoriser leur localisation. Ils sont presque invisibles de l'extérieur car camouflés par des buissons. Il faut plonger tête la première dedans. La cheminée freine votre chute et ensuite vous pouvez retrouver la grotte principale grâce aux passages.

– Mais la largeur du trou est adaptée à quel gabarit ? demande Octavius. Aux Sangliers ou aux Vipères ?

– Aux Sangliers, ce qui fait qu'un gars de petite taille doit écarter les bras et les jambes pour freiner sa descente ; mais les Sangliers doivent veiller à ne pas trop grossir car on ne peut sans cesse élargir les entrées, elles seraient trop facilement repérables.

– Et c'est déjà arrivé qu'un gros reste coincé dans un trou ? reprend mon copain en rigolant.

– Malheureusement oui, et cela ne nous a pas fait rire. Il s'en est finalement sorti, mais en causant la disparition de trois frères qui voulaient plonger à sa suite. Nous entretenons aussi les trous d'aération et les puits de lumière. Chaque jour, nous parcourons des centaines de mètres de galeries pour vérifier qu'aucun passage n'a été bouché par l'ennemi. Ce matin, nous ferons la tournée ensemble.

Le rythme de la visite est très intense. Èprive s'arrête souvent pour sonder la roche avec son bâton et prendre des notes. Il nous montre à chaque fois ce qu'il écrit. On a déjà une idée de notre activité de l'après-midi : déblayer un éboulement qui bouche partiellement un passage, étayer la voûte d'une chambre qui s'écroule ou commencer le perçage d'un nouveau tunnel. Je remarque qu'à plusieurs reprises notre guide touche son front avec sa main droite.

– Nous allons maintenant visiter un poste avancé de surveillance. Comme il n'est relié à aucun souterrain, nous sommes obligés de ressortir. Étant situé tout près de la frontière, il est très exposé aux tireurs isolés de la Maison qui nous prennent pour cibles quand nous nous déplaçons. Il faudra donc être particulièrement vigilants. Si vous voyez un de vos équipiers se jeter au sol, faites de même sans réfléchir ; il aura peut-être perçu un bruit que...

Il marque un temps pour retrouver le fil de sa pensée :

– Le bruit... le bruit que vous n'avez pas su, euh... discerner. Allez, on y va.

Je regarde mes copains, qui semblent plus inquiets de l'état de fatigue de notre nouveau chef que de la marche à effectuer à découvert.

Il n'y a qu'une vingtaine de pas à faire pour gagner le poste de surveillance. Nous nous laissons ensuite glisser dans une tranchée profonde de plus de deux mètres. Èprive reprend à voix basse :

– Comme nous sommes juste à côté des positions ennemies, nous devons rester discrets. Ces postes sont occupés en permanence par des guetteurs qui se relaient sur l'échelle par tranches de deux heures. En cas d'attaque-surprise, ils font retentir la cloche pour prévenir les autres postes et la grotte principale.

Notre guide est épuisé. Il ferme les yeux régulièrement quelques secondes, comme pour récupérer de ses efforts. Je le sens au bord de l'évanouissement. Claudius me fait un signe qui confirme mes craintes. Je décide d'intervenir :

– Camarade, tu ne vas pas bien. Il faut rentrer te faire soigner.

– Ça ira, les Petits, j'ai presque fini.

À peine a-t-il terminé sa phrase qu'il se plie en deux pour vomir. Il se tient contre la paroi et reprend son souffle. Les trois guetteurs au repos, qui jusque-là nous ignoraient totalement, se rapprochent.

– Titus, comme tu sais tirer, tu vas rester là jusqu'à mon retour. Je vais ramener les Petits ainsi que notre ami. Deux d'entre vous vont le soutenir.

Le chemin du retour nous paraît très long. Nous nous relayons pour aider le blessé. Quand cela est possible, nous le portons. Lorsque nous arrivons à la grotte principale, il semble n'y avoir personne. Notre nouveau guide, le dénommé Choteute, nous entraîne jusqu'à l'Entre-deux. Il s'agenouille devant l'entrée et demande, apeuré :

– Chamane ! Chamane, s'il vous plaît ! Un frère en souffrance !

Nous attendons quelques longues minutes. Comme rien ne se passe, je pousse du coude le guetteur pour qu'il réitère sa demande. Il met son doigt devant sa bouche pour réclamer le silence et me fait signe de courber l'échine. La lourde porte s'entrouvre. Le Chamane apparaît alors, enveloppé dans son grand manteau. Un tissu dissimule son visage, à l'exception de ses yeux. Son regard fiévreux balaie rapidement notre petite assemblée. Curieusement, sa stature me semble plus imposante que cette nuit. D'un geste bref, il nous invite à transporter le blessé à l'intérieur et se retire. Je tiens Èprive sous les bras et Octavius a saisi ses chevilles. Nous suivons le mystérieux personnage sur quelques mètres à peine. L'endroit me paraît plus sombre aujourd'hui. J'ai l'impression d'être observé, plus précisément d'être reniflé. Quand je tourne la tête pour vérifier, je croise le regard vert du Chamane juste derrière moi, qui lève la main pour me frapper. Je baisse les yeux immédiatement mais n'évite pas la claque sur mon front. Nous posons Èprive sur un lit et nous nous éloignons sans nous retourner. Octavius pousse un cri. Le Chamane lui a arraché quelques cheveux au passage. Soulagés d'être sortis de l'antre, nous soufflons quelques secondes avant de rejoindre les autres.

– La peur que j'ai eue ! lâche mon copain. Je n'aimerais pas me retrouver tout seul face à lui.

– Qu'est-ce que tu as fait pour qu'il te tire les cheveux ?

– Je n'en sais rien et je ne me voyais pas le lui demander !

Choteute s'éloigne et nous regagnons nos alvéoles en attendant le repas du midi.

Après le déjeuner, un nouveau tuteur, nommé Pirève, est désigné. Sans nous adresser la parole, il nous entraîne d'abord devant une paroi sur laquelle figure une large croix. Deux pelles et deux pioches sont posées à la gauche du dessin. Il nous désigne en touchant mon sternum ainsi que celui de mes trois amis. Puis il indique à Titus et aux Violets de le suivre. Je regarde les autres et saisis une pioche. Je suis pris d'une envie soudaine de frapper. Marcus fait de même. Nous synchronisons nos coups pour ne pas nous blesser. Claudius et Octavius ramassent les pelles et nous regardent en souriant. Au bout de vingt minutes, nous changeons les rôles et déblayons pendant qu'Octavius et Claudius se défoulent contre la paroi. La Vipère repasse et nous indique l'endroit où les gravats doivent être évacués. Notre ouvrage avançant doucement, nous perdons vite notre enthousiasme. Nous terminons la journée épuisés. Nous regrettons déjà la plage.

En passant près de l'Entre-deux, je repense au malaise d'Èprive. Je ne comprends toujours pas qu'il ait décidé de se charger de notre visite dans l'état où il était. Quand j'en parle aux autres, ils trouvent cela tout à fait normal. Claudius m'explique que, chez les Oreilles coupées, on ne doit jamais montrer sa faiblesse. N'importe qui pourrait en profiter pour défier celui qui est mal en point et, en cas de victoire, occuper sa place dans la hiérarchie. Il a voulu sauver sa peau.

Pendant le repas, en mâchant une pomme de terre à la crème, je songe soudain qu'elle a exactement le même goût que celles que nous consommions à la Maison. Et le reste de ce que nous mangeons également. Comme ils connaissent mieux l'île que moi, je demande à mes amis ce qu'ils savent à ce sujet.

– Ils ne volent tout de même pas les repas tout prêts dans les cuisines ?

– Je crois t'avoir déjà parlé de notre ami Louche, intervient Claudius. Nous l'avons un peu fréquenté au début de notre séjour ici, quand tu étais dans le noir, entre la vie et la mort. Face à l'hostilité des autres, sa cuisine était notre refuge. Lui ne nous insultait jamais, il tenait même des propos assez vifs sur les Chevelus. On a beaucoup épluché de légumes et également frotté quantité de gamelles pendant cette période. On était tellement bien avec lui et il nous racontait beaucoup d'histoires : cela a fini par agacer les Chevelus qui nous ont envoyés sur la plage où, comme tu l'as remarqué, communiquer est quasiment impossible. Pour revenir à ta question, Louche a été enlevé par les Oreilles coupées pour faire le même travail que celui qu'il effectuait pour les César et les enfants. Il se considère lui-même comme une prise de guerre. Et c'est un très bon cuisinier. Chaque début de semaine, il établit une liste des ingrédients dont il a besoin et les « Chasseurs » lancent des raids pour les lui procurer. Ils chapardent des sacs de légumes près des campements des serviteurs de la Maison, volent des poules et des lapins. Ils vont jusqu'à dévaliser les réserves situées à l'intérieur même de la Maison. Mais ça, tu l'avais déjà compris.

En écoutant ce récit, je ne peux m'empêcher de repenser à l'impressionnante quantité de médicaments qui se trouve dans l'Entre-deux. Ce stock vient lui aussi de la Maison. Cet approvisionnement régulier leur paraît naturel à tous. Mais il ne l'est pas. Je ne saisis toujours pas pourquoi les César ne renforcent pas les serrures. Je les connais, pourtant : quand il s'agit de protéger leurs secrets ou d'empêcher les enfants de circuler la nuit, ils savent déployer des trésors d'imagination et d'efficacité. Je suis sûr que les Oreilles coupées ont leur utilité sur l'île. Ils participent à une sorte d'équilibre. Je n'en perçois pas encore le sens, mais c'est ma conviction. Peut-être servent-ils d'adversaires aux soldats pour s'entraîner en prévision des vraies batailles qui se déroulent sur le continent ? Je crois que je ne comprendrai que lorsque j'aurai répondu à cette question qui me travaille depuis ma première conversation, sur l'île, avec Claudius : pourquoi les soldats récupèrent-ils les corps de leurs ennemis à la fin des batailles ? Qu'en font-ils après ?

Au moment où nous quittons la table, j'aperçois Marcus qui chahute en silence avec Toutèche. Claudius en profite pour me prendre à l'écart et me chuchote à l'oreille :

– J'ai écrasé un cachet entre deux pierres quand nous sommes rentrés, dans mon alvéole. J'ai transporté la poudre dans un morceau de papier plié. Je l'ai versée dans mon verre pendant qu'on mangeait. Tu n'as rien vu de tout cela ?

– Non, mon frère. Tu es très doué.

– Méto, j'ai besoin que tu me surveilles ce soir, au cas où je montrerais des signes de fatigue particuliers. Il ne faudrait pas que cela se remarque. On pourrait attirer l'attention des Oreilles coupées ou de notre ami.

– Entendu. J'ai l'impression que tu as mis Toutèche dans la confidence.

– Je lui en ai dit le minimum. Il a déjà eu beaucoup d'ennuis.

– Et puis, en ce moment, on ne risque rien car il est moins bavard.

Nous rions sous cape de cette dernière remarque. Nos copains nous rejoignent. Eux aussi sont souriants. J'essaie d'apercevoir Titus. Nous étions si proches au moment de la rébellion. Désormais, il nous évite. Je le repère au milieu des Sangliers. Comme chaque soir, ses nouveaux camarades répètent des enchaînements de combats en poussant des cris. Leurs frères les encouragent ou les huent, selon l'humeur. Ils font tout pour qu'on les remarque. Les autres clans sont plus discrets. Les Faucons s'entraînent aussi à la lutte, mais par deux et en silence. Les Chouettes, les Vipères et les Renards sont assis en cercle et discutent. Les prises de parole sont ordonnées. Je remarque qu'au sein de chaque groupe l'un des participants est à genoux et tourne sans cesse la tête vers l'extérieur, sans doute par crainte qu'ils soient espionnés et pour donner l'alerte en cas d'attaque.

J'abandonne mes copains pour retrouver Affre qui, comme à son habitude, se tient à l'écart.

– Tu m'avais dit que nous pourrions discuter de nouveau...

– Que veux-tu savoir ?

– Comment tu es arrivé ici.

– Je ne suis pas surpris par ta demande. Mais, avant que je ne commence, deux avertissements : d'abord, ne m'interromps pas, garde tes questions pour une autre fois, et puis il faut que je sois honnête avec toi. Je ne te dirai pas tout. Certaines informations ne doivent pas être divulguées en dehors du Premier cercle. Même si je vis aujourd'hui en retrait, je ne peux renier mes engagements de fidélité et de loyauté envers les Oreilles coupées.

Je décide de ne pas contester d'emblée ce dernier point même si je le trouve totalement injustifié. Qui sont-ils pour décider de dire ou de cacher la vérité ? Mais je lui suis déjà très reconnaissant qu'il accepte de m'en raconter une partie. Pour le reste, je me réserve le droit de revenir à la charge une autre fois. Il ferme les yeux comme pour mieux se souvenir et se met à raconter d'une voix neutre :

– Je suis né environ six ans avant toi et mes premiers souvenirs remontent à mon entrée à la Maison. J'ai eu la preuve, en allant sur le continent, que les quelques bribes de souvenirs auxquelles je me raccrochais étaient le fait d'une construction artificielle et erronée. Sache que le monde qui nous entoure au-delà de la mer est loin de celui de tes rêves. Mais je n'ai pas le droit de parler de la vie là-bas.

« J'ai passé quatre années à la Maison sans jamais fréquenter le frigo. J'étais le type même du A, de ceux qui ne prennent jamais d'initiative, suivent le troupeau et obéissent aux ordres. Après avoir "craqué", j'ai découvert que deux Maisons cohabitaient dans un même lieu, la deuxième étant le reflet de la première, avec ses dortoirs, ses salles de sport et de classe, et même ses César. Ceux de la deuxième ne m'ont pas menti sur les réalités de notre vie future. Ils m'ont montré l'existence que menaient les serviteurs et les soldats. J'ai observé les premiers, privés de nourriture et de sommeil, se tuer à la tâche. J'ai vu les paillasses poisseuses où ils dormaient quand ils pouvaient, enchaînés les uns aux autres. J'ai découvert l'immense anneau à leur oreille que leur chef saisissait violemment à pleine main, quand ils étaient trop lents. J'ai pu voir aussi, dans l'hôpital, les opérations que subissaient les soldats et la douloureuse rééducation qui s'ensuivait mais, à l'époque, je n'ai voulu retenir que leur vie d'après : les courses à quatre pattes sous les sapins à poursuivre les pillards qui vivaient dans les souterrains, les parties d'inche sans protections, les bagarres sans règles et les énormes quantités de nourriture dont ils disposaient. Leur quotidien ressemblait à un jeu plein de dangers excitants. Nos chefs s'étaient bien gardés de nous parler de ce qu'on nous obligerait à faire sur le continent et des produits qu'on nous forcerait à ingurgiter pour nous rendre moins sensibles à la douleur et aux émotions. Ces substances ont causé la mort prématurée de beaucoup de mes camarades de l'époque, dans des circonstances que j'ai du mal à évoquer encore aujourd'hui. Tu dois également savoir qu'il y avait parmi nous des enfants. Au départ, ils étaient prévus pour la Maison des Petits, mais l'opération qui visait à détruire leur mémoire autobiographique ayant atteint d'autres zones du cerveau, ils étaient incapables d'apprendre. Ils se retrouvaient donc directement soldats. Ces gamins étaient tout spécialement drogués pour devenir des candidats aux missions suicide. Leur conscience réduite les rendait plus manipulables et compensait leur manque de force physique. Ils faisaient peine à voir, mais on n'avait pas le temps de s'attacher à eux car ils mouraient très vite.

« Après les souffrances des opérations de greffes osseuses, quand on a eu la chance qu'elles n'occasionnent aucune complication comme des infections ou des rejets, tous les soldats vivent une période euphorique. On se sent indestructible. Ceux qui n'appartiennent pas à notre troupe baissent la tête sur notre passage, même les César semblent nous craindre. On apprend à manipuler des armes dangereuses, on prend des risques qu'on a plaisir à raconter le soir venu pour épater nos camarades. Mais, progressivement, quand commence le travail pour lequel on a été conçu et entraîné, les choses se gâtent. On voit souffrir ou mourir ses anciens amis et puis, dans les moments de lucidité, on se remémore les actes cruels et inutiles qu'on a trop souvent commis. On s'en serait cru incapable quelques mois plus tôt. Peu à peu, beaucoup de nos frères d'armes adoptent des comportements qui trahissent leur envie d'en finir au plus vite ou bien ils se mettent à surconsommer ce qu'on appelle les drogues de combat. Un jour, j'ai décidé que je m'enfuirais et j'ai eu la chance de rester en vie assez longtemps pour aller jusqu'au bout de mon idée. Je savais qu'une autre existence serait impossible sur le continent. On m'aurait tiré dessus ou lynché avant même que je puisse expliquer que je me rendais. Sur l'île, ma trahison présentait plus d'intérêt. Je pouvais livrer des informations. Mais cela ne s'est pas fait facilement, j'ai dû gagner la confiance des membres du Premier cercle. Ils m'ont imposé de tuer un de mes frères de combat pour leur prouver ma bonne foi. Je l'ai fait sans trop d'arrière-pensées car ma victime m'avait plusieurs fois parlé de son intention de mettre fin à ses jours. Fnsuite, j'ai pu débuter une vie nouvelle. Grâce à mes conseils, les Oreilles coupées ont appris à mieux se protéger de ceux de la Maison. Je suis monté dans la hiérarchie petit à petit, jusqu'à occuper le troisième rang. Depuis deux ans, je me suis mis en retrait. Je n'arrivais plus à "chasser" ou à combattre sans mettre en danger les autres car mes os et mes muscles me font terriblement souffrir. Aujourd'hui, je ne pourrais même plus m'enfuir, j'ai des difficultés à rester debout plus d'une heure. Je sens la vieillesse qui me courbe chaque jour un peu plus. J'ai vingt ans, Méto. C'est bientôt la fin pour moi.

Il reste un long moment silencieux, la tête baissée. Je suis bouleversé par son histoire. Je sens qu'il est temps que je parte mais je n'ose le faire avant qu'il ne m'y invite. Il lève enfin son regard et se force à sourire. Il finit par lâcher :

– À demain, Méto. D'ici là, fais attention à toi. Ne prends aucun risque.

Je hoche la tête en me redressant et cours retrouver mes camarades. Je cherche Claudius du regard, je m'en veux de l'avoir laissé si longtemps. Octavius décode mon angoisse :

– Il est allé se coucher. Visiblement, le boulot de taupe l'a épuisé.

Nous repartons vers nos alvéoles. Marcus prend une voix des plus innocente pour me demander :

– Méto, on pourrait aller se doucher et faire un petit détour en rentrant. Qu'en penses-tu ?

– Demain, Marcus, demain.

Le matin, quand je me lève, j'aperçois Claudius qui fait les cent pas tout seul le long du mur. Je le rejoins.

– J'ai très bien dormi, me confie-t-il. Le somnifère n'a pas de goût. Je pense que c'est celui qu'on prenait à la Maison. Le temps de réaction au cachet est de trois quarts d'heure.

– Cela me semble parfait.

Il acquiesce et se tourne vers nos amis qui viennent nous saluer. Tous se plaignent des courbatures occasionnées par le travail de la veille.

– On risque de ne pas voir le ciel pendant une semaine, gémit Marcus.

Pirève ne nous laisse pas finir notre repas. Nous devons le suivre sans attendre dans un boyau de la partie est. Heureusement, le matin, nous sommes à l'étayage. C'est plus technique et moins violent. L'après-midi, nous bouchons une issue pour, soi-disant, tromper l'ennemi en cas d'attaque. Nous devons empiler des cailloux, des vieilles planches et cimenter le tout. Puis notre formateur fabrique devant nos yeux impressionnés un enduit imitant, à la perfection, la couleur de la roche alentour. Nous l'appliquons à l'aide de petites spatules. Pour finir,

Pirève grave son nom en petit à l'aide d'un couteau et nous invite à faire de même. Je demande des nouvelles d'Èprive. Son ami m'assure qu'il est sorti de l'Entre-deux mais doit rester couché le plus possible. Il nous explique qu'Èprive a demandé à être déclaré hors combat pendant une semaine. C'est un droit qu'on ne peut utiliser qu'une fois.

Au début du repas, je fais signe à Marcus que je veux lui parler en particulier. Pendant que nous nous écartons du groupe, il est prévu que Claudius lui prépare sa mixture. Je l'interroge au creux de l'oreille :

– Tu veux y aller ce soir ?

– Et comment !

Nous retrouvons nos amis. Claudius me fait comprendre qu'il a accompli sa mission. Le dîner se déroule comme à chaque fois ; nous nous repassons le film de la journée en y ajoutant des commentaires et en imitant les Oreilles coupées que nous avons rencontrés. Je m'aperçois avec soulagement que Marcus est plus réservé que d'habitude. Ce sont sans doute les premiers effets du médicament. Je lui demande le plus naturellement possible :

– Tu vas bien, Marcus ?

– Je suis un peu fatigué ce soir. Je crois que je vais aller directement me coucher.

– Je t'accompagne.

– Pas la peine. Dors bien.

Je le regarde s'éloigner. Je pense que dès le lendemain, quand il sera en capacité de réfléchir, il se posera des questions. Dans quelques jours, il aura deviné. En le trompant ainsi, nous courons le risque qu'il nous mente à son tour et se jette dans la gueule du loup.

Je décide donc, sur-le-champ, de m'ouvrir à Affre du problème en omettant de mentionner ma visite dans l'Entre-deux. Son regard me transperce. Se doute-t-il de quelque chose ?

– J'ai entendu parler de cette affaire et j'ai déjà commencé à enquêter auprès des Chouettes, qui observent discrètement nos ennemis à longueur de journée. Ils n'ont repéré aucun individu étranger à la communauté depuis des semaines. Je pense comme eux que l'action vient de l'intérieur, peut-être du clan des Lézards, car leurs membres sont doués pour travestir leur voix. Il y a deux entrées à cette grotte, une par la plage, l'autre par un trou dans la falaise. Si tu décides d'y aller un soir, poste des amis à chaque issue pour éviter les surprises.

– Mais pourquoi les Lézards essaieraient-ils de piéger Marcus ?

– Ce n'est qu'une supposition. Et pour répondre plus généralement à ta question, sache qu'on a vu par le passé des Oreilles coupées acheter une trêve en offrant à l'ennemi des « cadeaux ». Ton copain Marcus peut en être un. Que sais-tu sur lui ?

Je lui raconte l'épisode de la bataille, que j'interprète comme une première tentative d'enlèvement. Affre se gratte la tête :

– Ne fais rien dans l'immédiat. Je vais essayer de t'aider. Maintenant, il faut que je réfléchisse. À demain.

Je retourne près de Claudius et d'Octavius qui s'entraînent ensemble au combat sur échelles. Je les regarde s'amuser pendant quelques minutes. Comme je me dirige vers mon trou, j'ai soudain un mauvais pressentiment et je me mets à courir. Je grimpe sur l'échelle pour vérifier que Marcus est bien là. Ouf ! Je me suis inquiété pour rien. Je redescends, en souriant de mon imagination. Je regagne mon alvéole. Je sens tout de suite une odeur inhabituelle. J'attrape une lampe et éclaire mon antre. Rien d'étrange à première vue. Je soulève l'oreiller pour vérifier la présence des médicaments volés. Ils sont bien là, mais disposés d'une manière bien particulière. Les cachets dessinent un M majuscule barré d'un trait horizontal. Je repose la lampe et m'allonge. Je dois me calmer et essayer de comprendre. Est-ce que Marcus aurait déjà compris ? Non, ce n'est pas lui. La réponse s'immisce lentement mais inexorablement en moi. Je reconnais cette odeur. Quand je ferme les paupières, je sens deux lueurs qui brillent et me transpercent : les terribles yeux verts du Chamane.

CHAPITRE 6

Je me suis réveillé avant les autres et me tiens sur mes gardes. Je m'attends, dans les jours qui viennent, à une ruse du Chamane qui m'enverra directement entre ses griffes. Je suis sûr que mes jours sont comptés et j'ignore vers qui me tourner. Ces imbéciles d'Oreilles coupées le craignent tellement qu'aucun n'osera intervenir. Même pas Affre qui semble pourtant avoir compris tant de choses ici. S'ils savaient que leur « sorcier » ne fait rien de magique, qu'il utilise la même médecine qu'à la Maison... Mes frères accepteraient sûrement de m'aider mais se feraient tuer sans aucune forme de procès s'ils osaient franchir les portes interdites de l'Entre-deux. Je vais devoir me débrouiller par moi-même. Être sur mes gardes et déjouer les pièges pour retarder l'inévitable.

Pourquoi s'en prend-il à moi ? J'aurais été aperçu lorsque je volais les cachets et on m'aurait dénoncé ? Je suis pourtant sûr de n'avoir rien entendu cette nuit-là. Ou bien le Chamane m'aurait surpris lui-même et saurait donc que je l'ai vu dormir sans son accoutrement... Veut-il cacher qu'il est plutôt frêle ? Le fait qu'il soit un adulte imberbe signifie peut-être qu'il a la même maladie que Romu et Rémus. Est-il leur frère ? Cela expliquerait sa présence : surveiller les Oreilles coupées et informer son père des futurs plans d'attaque de la Maison, par exemple. Si je connaissais les réponses, je pourrais arranger la situation.

Et Marcus ? Je dois absolument l'aider avant de me retrouver enfermé dans l'Entre-deux, ou en partance pour l'au-delà. Il ne faut pas qu'il soit sans protection au moment où il risquera sa liberté au fond d'une grotte la nuit.

J'aperçois Claudius qui descend de son alvéole. Il m'interroge sur ma discussion avec Affre. Je décide de ne pas lui parler du reste :

– Tu te souviens du carnet que j'ai trouvé avant notre fuite, avec nos noms auxquels ils avaient accolé les lettres A, E ou G ? Je connais maintenant une partie de la solution : les A deviennent serviteurs ou soldats. Nous deux, nous n'aurions pas eu ce choix terrible à faire puisque tu es G et que je suis E.

– Et tu sais à quoi correspond la lettre A ? A comme quoi ?

– J'y ai réfléchi pendant la nuit. J'ai deux hypothèses. Les A étant les plus nombreux, ceux de la Maison ont choisi la première lettre. Mais pourquoi alors ne pas avoir choisi B et C pour les autres groupes ? Ou bien, comme tu le suggérais : A est le début d'un mot qui pourrait être Asservi, comme les esclaves qui doivent obéir sans réfléchir. Les deux autres lettres correspondraient à de meilleurs emplois, comme ceux des César par exemple.

– Comment feraient-ils pour transformer des gars sympathiques comme nous en d'horribles César ? Tu as l'air épuisé, Méto. Ce n'est quand même pas ce problème qui t'a empêché de dormir ?

Je ne veux pas lui mentir, alors je préfère changer de sujet :

– J'ai parlé à Affre de Marcus et de son désir irrépressible d'aller au-devant des pires ennuis. Il va nous aider. Pour ma part, je pense qu'il ne faut pas trop tarder à agir. Marcus va vite se rendre compte qu'il est drogué pour dormir comme à la Maison. S'il découvre que c'est nous, il agira seul et nous ne pourrons plus le protéger.

– Allons-y demain soir, alors ! Qu'on en finisse avec cette histoire ! déclare Claudius, agacé.

– Cela dépendra des informations que me donnera Affre après la veillée.

Au petit déjeuner, Marcus m'observe bizarrement. Peut-être me soupçonne-t-il déjà ? Ou bien a-t-il remarqué que je choisis avec méfiance ce que je mange, que je hume discrètement chaque aliment, que j'absorbe à chaque fois une toute petite quantité et la mâche longuement pour repérer le moindre goût suspect ?

Ce qu'ils m'ont raconté la veille sur Louche devrait me rassurer. Si le cuisinier se sent peu en sympathie avec les Oreilles coupées, pourquoi les aiderait-il à m'empoisonner ? Je dois me rapprocher de lui pour qu'il me connaisse, peut-être même qu'il m'apprécie. Cela m'éviterait des ennuis. J'ai la conviction que, sur cette île, seuls les marginaux, les hors cercle, comme ils les appellent avec mépris, sont dignes de confiance. Je fais immédiatement part à mes amis de mon envie de rencontrer Louche. Cette idée les amuse.

– Cela doit être possible, commence Octavius, maintenant que nous sommes plus libres. Le plus gros problème, c'est lui. Aura-t-il envie de te recevoir ? Il est parfois difficile à aborder.

– Je t'accompagnerai après le travail, propose Marcus. Il m'aime bien.

– Parfait.

– Il l'appelait son petit poulet, s'amuse Claudius. Quoique, quand on voit avec quel entrain il les décapitait vivants avant de les préparer, tu devrais drôlement te méfier !

La journée est épuisante. Nous creusons et déblayons jusqu'au soir. Cela a au moins l'avantage de me faire oublier, par moments, la menace qui plane au-dessus de moi. Comme promis, Marcus me présente à Louche qui m'accueille froidement par une petite moue qui signifie que je ne l'intéresse pas du tout. Mon ami se sent obligé de faire mon éloge :

– C'est un gars très intelligent qui a déjà résolu plein de problèmes compliqués quand nous étions à la Maison et même depuis que nous sommes à l'extérieur.

Le cuisinier se tourne alors vers moi et m'interpelle :

– Méto ? C'est ça, ton nom ? Je vais te dire les choses clairement : tu m'impressionneras le jour où tu trouveras comment quitter cette foutue île pour retrouver la civilisation !

– C'est dans mes projets aussi, j'ai déjà commencé à y réfléchir. Si je vis assez longtemps, je trouverai un moyen, je te le promets.

Il me regarde sans sourire. J'ai le sentiment que ma remarque a fait son effet et qu'il me croit. Nous le saluons avant de partir. Il nous gratifie d'un clin d'œil et d'un « À très bientôt alors, les petits gars ».

Lorsque nous partons rejoindre nos camarades, Marcus me glisse à l'oreille :

– Pourquoi tu as dit « Si je vis assez longtemps » ? Je te trouve bizarre depuis ce matin. Tu te sens menacé ?

Comme je fais mine de ne pas comprendre, il insiste :

– Méto, si on veut survivre ici, on doit avoir une totale confiance l'un en l'autre. C'est le cas pour moi. Jamais je ne douterai de toi. J'attends de ta part que ça soit réciproque.

Je réponds d'un ton ferme :

– Bien sûr que c'est réciproque !

– Et cette idée de quitter l'île, cela te paraît possible ? Si c'est le cas, je veux en être.

– Je n'ai jamais imaginé m'enfuir sans toi !

Nous rejoignons les autres en silence.

Lors de la veillée, je retrouve, comme d'habitude, l'ancien monstre-soldat. Je délaisse mes copains, mais ils ne m'en tiennent pas rigueur. Ils pensent que j'y vais uniquement pour recueillir des informations sur l'île et la Maison, que je leur transmettrai ensuite. Mais j'apprécie de plus en plus Affre, qui, malgré son expérience, me parle comme à un égal. J'ai aussi été très ému par le récit de sa vie, par les choix douloureux qu'il a dû faire. Enfin, j'ai l'impression qu'il m'aime bien.

– Bonsoir, Affre.

– Bonsoir, Méto. J'ai enquêté aujourd'hui. Maintenant que je suis hors cercle, c'est plus compliqué pour moi. Certains, me devant beaucoup, parfois même la vie, acceptent de me parler mais en y mettant une condition.

– Laquelle ?

– Toujours la même. Ils me disent : « Je te donne ce renseignement à condition que tu me promettes de ne jamais plus t'adresser à moi. » Je dois donc faire attention à ne pas les interroger à la légère.

– Je comprends. Je te remercie de ce que tu fais pour nous.

– Je sais que tu ferais la même chose pour moi si je te le demandais. N'est-ce pas, Méto ?

– Bien sûr, dis-je timidement.

– Mais revenons à notre affaire. Certains membres m'ont confirmé que des Lézards étaient en tractation secrète avec des émissaires de la Maison qui seraient prêts à déclarer une trêve et surtout à leur rendre le corps de Lazdre, leur héros disparu durant votre évasion. Mes informateurs ne savent pas ce que les Lézards ont à proposer en échange mais il s'agit peut-être de ton ami. Tu sais que, dans le carnet « AGE », Marcus est le seul sans lettre attribuée...

– Tu as eu accès au carnet que j'ai rapporté de la Maison ! Au reste aussi ?

– Pas directement, Méto. Mais quelqu'un que je connais travaille dans la salle des écrits ; il a eu pour charge de l'étudier en détail et même de l'apprendre par cœur. C'est une précaution prise pour limiter les conséquences des vols.

– Tu peux donc me dire à quoi correspondent les lettres G et E ?

– Je suis sûr que tu as déjà un début d'explication. Je me trompe ? Je te crois capable de trouver sans moi. Et puis, ne perdons pas de temps avec ça. Pour notre affaire, nous avons deux possibilités. Éventer le complot, en utilisant une lettre anonyme envoyée au Premier cercle. Les Lézards seront alors convoqués et nieront en bloc. Puis ils annuleront d'eux-mêmes leur échange avec la Maison et on n'en reparlera plus. Nous pourrions aussi les piéger et dénoncer la négociation, mais cela, tu t'en doutes, comporte de nombreux risques pour nous et plus particulièrement pour Marcus. Je te laisse y réfléchir et consulter tes proches, si tu fais le choix de les mêler à cette aventure. Prends ta décision. Dans les deux cas, je te suivrai. Bonne nuit, Méto.

Je comprends qu'il veut arrêter là la discussion. Je m'y résigne.

– Bonne nuit, Affre.

Ce soir, quand je retrouve ma couchette, je soulève machinalement mon oreiller. Les cachets ont carrément disparu. J'essaie de me raccrocher à l'idée que c'est Claudius qui a décidé de les prendre, dans la mesure où c'est lui qui s'occupe de les faire avaler à notre ami, mais je doute que ce soit le cas. Je redescends de mon alvéole pour aller vérifier que Marcus est endormi. Il l'est. Curieusement, Claudius dort déjà lui aussi. Je vais interroger Octavius. Il me répond qu'il les a vus partir ensemble au milieu de la veillée, Marcus regrettant de ne pas avoir le courage d'aller se doucher.

De nouveau, je reste éveillé. J'ai peur et la discussion avec Affre a soulevé beaucoup de questions. Il me paraît évident qu'il faut faire mine d'accepter la rencontre avec Marcus pour piéger les Lézards. Cette stratégie mettra fin aux agissements de ces reptiles et permettra à mon ami de vérifier par lui-même qu'il avait affaire à un complot.

Le fait que la Maison ne semble pas envisager sa future fonction, en ne lui attribuant aucune lettre, pourrait vouloir dire que sa simple existence le rend intéressant. Je ne parviens pas à m'endormir mais je ne peux pas non plus profiter de cet état de veille pour réfléchir. Des images viennent sans arrêt brouiller mon esprit. Je sursaute au moindre bruit. Quand le matin arrive, je me sens mieux, comme si j'avais survécu à une épreuve. Mais, en marchant pour aller déjeuner, j'ai l'impression que des forces me tirent vers l'arrière pour m'empêcher d'avancer. Je m'assois près de mes camarades qui semblent parfaitement reposés. Au milieu d'eux, je me sens protégé, je me laisse aller et sombre brutalement sans avoir rien avalé.

On me secoue. Mes copains me parlent. Je perçois la voix de Marcus :

– On t'a laissé dormir le plus longtemps possible mais, là, il faut vraiment y aller. Tu veux venir ou retourner te coucher ?

– Je veux rester avec vous. Je ne sais pas ce que j'ai, mais je dors mal la nuit.

– Tout le contraire de nous, déclare Claudius. N'est-ce pas, Marcus, on s'endort super tôt, tous les deux !

Mon copain sourit bizarrement, peut-être a-t-il déjà compris. Je les suis. Peu à peu, je reprends le dessus. Claudius sort de ses poches les morceaux de pain et les deux barres de chocolat de mon petit déjeuner. Il me les tend. Bien que je n'aie pas envie de manger pour le moment, je récupère les provisions. Arrivés sur notre lieu de travail, mes amis s'organisent pour me ménager, ils m'invitent même à reprendre mon somme commencé au déjeuner. Acceptant leur proposition, je m'écroule sans attendre sur un tas de gravats. Quand je me réveille, je vais nettement mieux, même si cette position très inconfortable m'a laissé des courbatures. J'avale mes morceaux de pain et offre mon chocolat à mes amis. Seul Claudius cède à la tentation et engloutit les deux morceaux.

– J'adore ça, dit-il, comme pour se justifier.

Il profite d'un moment où nos deux amis frappent le mur avec cœur pour m'expliquer pourquoi il s'est endormi si tôt la veille. Il a été obligé de suivre Marcus. Dans un premier temps, ce dernier parlait d'aller prendre une douche mais, après avoir fait quelques dizaines de mètres, il titubait de fatigue. Claudius l'a aidé à remonter dans son lit puis a décidé de ne pas ressortir pour le surveiller. Je lui demande s'il a récupéré tous les cachets dans mon alvéole. Il me répond qu'il n'y a pas touché et a encore quatre nuits en réserve.

En fin de matinée, c'est à son tour de donner des signes de fatigue inhabituels. Il demande à s'asseoir puis se plaint du ventre. Il est pris de spasmes et vomit un peu. Nous appelons Pirève qui nous ordonne de le suivre jusqu'à l'infirmerie.

Le Chevelu qui l'examine est perplexe. Il nous interroge :

– Il a mangé quelque chose de particulier ce matin ?

L'infirmier fait des signes à notre tuteur. Ses gestes et son visage expriment son impuissance. L'état de notre ami est trop grave et dépasse ses compétences. Il est, d'après lui, préférable de s'en remettre à l'intervention du Chamane.

Nous devons laisser Claudius à l'entrée. Sentant notre réticence à l'abandonner, Pirève s'approche et nous empoigne fermement pour nous contraindre à quitter les lieux. Soudain, un bras jaillit de l'ombre et tire Claudius vers l'intérieur.

Je me sens coupable d'être là. C'était à moi de me retrouver dans l'Entre-deux. Le chocolat m'était destiné. C'est moi qui ai enfreint la loi. Claudius ne méritait pas ça. Espérons que le sorcier s'apercevra vite de son erreur et l'épargnera.

Avant le repas, je décide d'aller interroger Louche. Connaissant le cuisinier, je ne prends pas de chemin détourné et lui explique que mon ami a été empoisonné. Comme tous les aliments transitent par sa cuisine, je m'attends à une réaction un peu vive : il pourrait croire que je le rends responsable. Sa réponse me montre qu'il n'en est rien :

– C'est possible, dit-il. Comment es-tu sûr qu'il s'agit du chocolat ?

– C'est une longue histoire. Pour faire simple, j'ai reçu des menaces et je sais qu'on cherche à m'atteindre. Ce matin, Claudius est tombé malade une heure à peine après avoir mangé ma portion.

– Tu es menacé ? Et tu sais par qui ?

– Non, enfin peut-être... Louche, pourrais-tu me dire qui, en dehors de toi, approche la nourriture ?

– Mes deux aides. Deux pauvres gars rejetés par la Maison, parce que leur cerveau n'a pas supporté les tripatouillages infligés à leur arrivée. Ils sont très dévoués mais aussi très limités dans leurs actions et donc incapables d'empoisonner du chocolat. Bien entendu, le Chamane vient parfois la nuit goûter les produits stockés ici et faire de grands gestes au-dessus. Le matin, il m'arrive de trouver des paquets salement éventrés, que je n'utilise donc pas.

Comme je ne réponds pas, Louche me fixe un instant en grimaçant :

– Ne me dis pas que tu suspectes le Chamane d'être la cause de...

– Non, je pensais à quelqu'un d'autre. Merci pour tout. À bientôt.

– Fais attention à toi. Je ne voudrais pas qu'il arrive malheur à celui qui va peut-être me faire quitter cette maudite île.

Au repas du soir, je parle peu. Marcus approche sa bouche de mon oreille :

– Je renonce à aller dans la grotte.

– Sage décision. Ce soir, sans Claudius, cela n'aurait pas été prudent.

– Tu n'as pas compris, je ne veux plus y aller du tout. Ce qui est arrivé à notre frère aujourd'hui, ton état ce matin, l'épuisement que je ressens chaque soir, tous ces événements ont débuté quand j'ai décidé qu'on retournerait à la grotte. Cette affaire prend une tournure qui me fait peur, Méto. Je commence à percevoir ce que vous essayez de me faire comprendre depuis le début : il s'agit d'une machination.

Je lui serre l'épaule pour lui montrer mon affection. Je suis fier de lui et qu'il arrive enfin à comprendre qu'il avait tort de s'entêter. Je me mets à rêver un instant qu'il l'ait fait quelques jours plus tôt. Claudius serait près de nous et je serais tranquille.

Après le dîner, je retrouve Affre. Je ne veux pas lui parler de mes problèmes. Je viens pour chasser pendant quelques instants l'image de mon ami aux prises avec le Chamane.

– Bonsoir, Affre.

– Bonsoir, Méto, tu sembles fatigué et très inquiet.

Je pourrais lui faire la même remarque. Je vois qu'il fait un réel effort pour maintenir ses yeux ouverts.

– C'est vrai, dis-je, mais je n'ai pas envie de t'expliquer. Peut-être une autre fois.

– Comme tu veux. Mais je serai au courant tôt ou tard. Alors, tu peux peut-être travailler à ma place et me dire ce que tu crois savoir sur les enfants G et E. Je me contenterai de rectifier tes erreurs.

– J'ai raisonné comme pour les A. J'ai trouvé A comme Asservi, qui obéit. Pour G et E, je pense au contraire que certains d'entre eux donnent des ordres... Alors, peut-être que G correspond à Guide. Les César doivent appartenir à cette catégorie. Pour les E, j'ai pensé à Éducateur, comme les professeurs. Mon problème, c'est que je ne peux raisonner que sur les emplois que j'ai rencontrés durant mon séjour à la Maison, mais il y a sans doute un grand nombre de personnes qui exercent des fonctions différentes dans des parties du bâtiment cachées au regard des enfants.

– Tu m'impressionnes, Méto. G comme guide, ça me paraît brillant et c'est l'idée principale. Pour le reste, je vais apporter des corrections. Les professeurs appartiennent aussi au profil G. Ce sont d'anciens César qui ont failli. Qu'ont-ils en commun ?

– Un handicap physique dû à une chute, mais pas celle que l'on raconte, pas l'histoire de l'escalade qui a mal tourné. Ce serait plutôt une punition, puisque tu disais qu'ils avaient commis des erreurs.

– Exactement, un César qui manque de sévérité, qui montre par exemple de la sympathie ou de la compassion envers des élèves, perd son statut et doit affronter l'épreuve de la falaise : une marche en plein vent sur un rocher à l'arête fine et irrégulière. Ne pas tomber tient du miracle. La chute entraîne des séquelles visibles qui les désignent à jamais comme des ratés aux yeux des autres.

En l'écoutant, je revois mes professeurs boiteux, aveugles, hémiplégiques, s'affolant quand un élève montrait le moindre signe de rébellion. Ils ne voulaient plus jamais être surpris en position de faiblesse.

– Et les E, alors ?

– C'est une caste à part et peu nombreuse. Personne n'est autorisé à leur adresser la parole. Ils continuent à s'exercer physiquement et étudient beaucoup. On les entend souvent s'exprimer dans des langages inconnus. Je sais aussi que certains se rendent parfois sur le continent. Mais pour quelles missions ? Je ne l'ai jamais su. Cela te suffira pour ce soir. Je vois que tu as besoin de récupérer ; moi aussi. À demain.

En me dirigeant vers mon alvéole, je sens toute la fatigue accumulée durant les dernières vingt-quatre heures s'abattre sur moi. Je peine à regagner ma couche, j'ai des courbatures du cou jusqu'aux mollets. À peine allongé, je m'effondre.

Je me réveille bien avant les autres. Comme je descends l'échelle pour me rendre aux toilettes, je passe près de l'alvéole de Claudius. Il est revenu ! J'entends sa respiration régulière. Il semble indemne. Je suis soulagé. Si seulement les choses pouvaient s'arranger un peu !

Ce matin, je dispose de presque une heure avant le lever. Je ne suis plus fatigué. Je ferme les yeux et laisse mes pensées vagabonder. Je revois Décimus le soir où nous avons quitté la Maison. À moitié endormi, il tentait de comprendre ce que je lui disais. On les abandonnait à leur sort, à la vengeance des soldats. Je suis pratiquement certain qu'il n'a pas entendu la promesse que je lui ai faite avant de lâcher sa main, celle de revenir et de les sauver tous. Comment imaginer aujourd'hui pouvoir tenir cet engagement ? Maintenant que nous connaissons les Oreilles coupées et savons que leur unique but est de rester sur l'île en toute sécurité, il paraît clair qu'ils n'organiseront jamais la grande révolte dont j'avais rêvé. Je ne peux compter que sur mes proches.

Claudius est réveillé. Il ne se rappelle rien, n'a aucun souvenir d'être rentré se coucher. Il a dû être l'objet du transport furtif avec défi silencieux. Toutèche nous rejoint pour nous présenter sa bouche grande ouverte. Il garde çà et là, sur les molaires, quelques traces de la plaque. Son châtiment a officiellement pris fin ce matin. Il va pouvoir réintégrer son clan et reprendre son activité de guetteur.

– Je n'oublierai jamais ce que vous avez fait pour moi, les gars, nous déclare-t-il solennellement.

– C'était la moindre des choses, répond Claudius, tout ça est arrivé à cause de nous.

– Seulement pour une petite part, je vous l'ai déjà dit. À bientôt et n'hésitez pas à venir me voir pendant les veillées, je pourrai vous présenter des amis.

Aujourd'hui, le groupe de travail se scinde en trois. Pirève nous explique notre mission. Nous quatre allons travailler en complète autonomie, dans un poste de surveillance isolé. Un endroit dangereux car proche de la frontière, nous précise-t-il. Nous nous y rendrons donc sans escorte, « comme des grands ». Mes copains sont euphoriques, car c'est la première fois que les autres nous font confiance. Pour ma part, je trouve cette soudaine liberté un peu suspecte.

– Essayons de faire en sorte que ça ne soit pas notre dernière sortie, déclare Claudius. Soyons très prudents.

Nous avons une feuille avec un plan et des instructions. Octavius porte le sac avec notre repas pour midi, moi celui contenant le matériel de réparation. La progression est lente car il est recommandé de se déplacer uniquement en rampant. Arrivés au bord du trou, nous nous laissons glisser jusqu'au fond. À notre grande surprise, le poste est inoccupé. Nous déplions la feuille pour lire notre mission. Nous devons réparer la cloche d'alerte, fabriquer une nouvelle échelle et creuser, dans la partie droite du trou, une cavité pouvant abriter quatre personnes en cas de pluie. En ouvrant mon sac, nous découvrons que nous ne disposons que d'un marteau, d'une pioche, d'une hachette, d'une scie et de ficelle. Claudius et Octavius, chacun leur tour, en montant sur mes épaules, ressortent du poste. Ils se chargent de trouver du bois pour la construction de l'échelle. Avec Marcus, nous nous occupons de la cloche. Nos copains tardent à revenir. On entend au loin des détonations. Que se passe-t-il là-bas ? Nos frères sont-ils en danger ? Incapables de nous concentrer sur notre tâche, nous décidons d'arrêter le travail pour les guetter.

Après plus d'une demi-heure d'absence, nos deux amis tombent dans le trou en catastrophe. Ils sont très essoufflés. Octavius a du mal à articuler :

– C'est un piège, on nous tire dessus des deux côtés ! Les tirs provenaient surtout de nos amis des grottes. Claudius pense même avoir repéré Titus derrière un des fusils.

– C'est peut-être une épreuve ? Peut-être qu'ils ne voulaient pas vous atteindre vraiment, juste tester vos réactions ?

– Je n'en suis pas si sûr, intervient Claudius. Regarde ça.

Il défait son casque pour me montrer un impact impressionnant. Le métal est fendu sur une longueur de dix centimètres.

Au fond de notre trou, nous nous sentons malgré tout à l'abri. Décidés à continuer les travaux, nous nous organisons pour alterner les tâches plus ou moins fatigantes. Lorsque l'échelle est terminée, je me porte volontaire pour la tester. Alors que j'aborde la première marche, Marcus me tend un bâton sur lequel il a perché son casque. Je comprends tout de suite son idée et reprends mon ascension en tenant le morceau de bois à bout de bras. À peine celui-ci dépasse-t-il du trou qu'un tir groupé se déclenche, envoyant voler à plusieurs mètres la protection de métal. Nous savons à quoi nous en tenir. Je propose d'attendre la tombée du jour avant d'envisager une nouvelle sortie.

– Je crois qu'Octavius a raison, affirme Marcus en chuchotant, ils veulent vraiment se débarrasser de nous.

Plus question de faire comme si de rien n'était et de continuer à aménager l'abri. Serrés les uns contre les autres dans le coin le plus étroit, nous restons un long moment prostrés sans rien dire. Mais je ne tiens plus :

– Mais qu'est-ce qu'ils veulent, ces salauds ? S'amuser ? Nous effrayer au risque d'en tuer un ?

– Je crois que Radzel et les Lézards sont derrière tout ça, répond Claudius. Comme ils ont compris que nous avons déjoué leur ruse de la grotte et que nous ne les laisserons jamais livrer Marcus à la Maison, ils se vengent et ordonnent aux Sangliers de s'entraîner sur nous, comme si nous n'étions que de vulgaires lapins.

– Mais quel est leur rôle, ici, à ces affreux reptiles ? demande Marcus. On dirait qu'ils ont tous les droits, ceux-là ! J'avais cru comprendre que les ordres n'émanaient que du Premier cercle. Je l'ai toujours su : ici, c'est pire qu'à la Maison !

Au bout de deux heures, Claudius distribue la nourriture que nous mangeons lentement pour faire passer le temps. Enfin, le soleil se couche. Depuis notre prison à ciel ouvert, nous apercevons les premières étoiles. La chance est de notre côté : cette nuit, la lune n'est pas au rendez-vous. Nous nous extirpons avec une extrême lenteur de notre abri et nous rejoignons en tremblant le premier trou de secours. La distance n'est pas grande mais nous sommes épuisés. Marcus en oublie d'écarter les jambes pour freiner sa chute et tombe lourdement. Il se relève en souriant mais se tient l'épaule gauche. Malgré la fatigue, je sens de nouveau la colère monter en moi. De quel droit jouent-ils avec nos vies ? Claudius m'attrape par le bras. Sa voix est calme. Je devrais l'admirer pour ce contrôle qu'il a sur lui-même mais, à cet instant, il m'énerve. Je ne peux pas être comme lui. C'est trop d'efforts.

– Ce qu'ils s'attendent à voir, Méto, c'est cette rage que tu exprimes maintenant. Ils ont tout fait pour la susciter. Essayons de rentrer comme s'il ne s'était rien passé. Ainsi, on leur montrera qu'ils n'ont pas gagné.

Je respire profondément. Je me frappe les joues comme pour me punir. Je sais qu'il a raison.

Nous retournons lentement à la grotte principale, passons devant le clan des Lézards qui semblait nous guetter de loin et baissons la tête pour ne pas trahir nos sentiments. Nous percevons leurs murmures que j'interprète comme une moquerie. Je relève la tête et essaie de sourire. Claudius rigole carrément. Devant son visage hilare, nous partons tous les quatre dans un contagieux fou rire, qui sonne peut-être faux tant il est fort et bruyant. C'est pour nous comme une explosion libératrice. Nous sommes passés si près de la mort.

Après le repas, comme Affre demeure introuvable, nous décidons d'aller nous doucher. Nous rejoignons sur le chemin cinq Vipères et deux Faucons. Marcus regarde avec insistance du côté de la plage ; j'espère qu'il ne va pas changer d'avis et nous entraîner dans une expédition suicide. Nous avons eu assez d'émotions pour aujourd'hui. Tandis que nous nous rhabillons, Claudius me fait part de sensations de brûlures occasionnées par le savon tandis qu'il se lavait. Je lui promets de regarder cela au retour. Comme nous repartons, Marcus s'approche de moi et déclare en souriant :

– Quand je pense qu'il y a peut-être quelqu'un qui m'attend en ce moment, prêt à me livrer des secrets sur ma famille, et que je ne vais pas y aller !

Je suis à peine surpris de sa réflexion. Je le regarde en essayant de rester neutre. Il ajoute d'un ton qui se veut léger :

– Je plaisantais, Méto. Je t'ai dit hier que j'étais guéri.

Je n'en suis plus si sûr. Arrivé près de nos alvéoles, j'inspecte comme prévu le dos de mon ami à la lueur d'une lampe à huile. De longues lacérations rouges couvrent son dos. À cet endroit du corps, il ne peut les avoir faites lui-même.

– Approche la lumière, réclame Octavius, je crois que ce sont des écritures.

Il déchiffre avec peine :

– Regarde, c'est ton nom, Méto ! *M*, *E*, *T* et *O*, mais barré par deux traits !

Marcus vient vérifier en promenant son index au ras des marques.

– C'est bien *METO* qu'on a écrit, confirme mon ami. Quelqu'un t'en voudrait ? Tu as une idée de qui cela pourrait être ?

– Malheureusement, oui.

CHAPITRE 7

J'ai très bien dormi. J'avais demandé à Claudius de me donner un des cachets qu'il conservait pour Marcus. Si cette nuit devait être la dernière, je la voulais sans cauchemars.

Juste avant, c'est Titus, rentrant se coucher, qui m'a sauvé la mise et m'a permis de ne pas donner d'explications.

Comme je regardais notre ancien ami s'approcher, j'ai constaté que, à la différence des autres soirs, il n'essayait pas d'éviter nos regards, il nous souriait au contraire. J'ai senti qu'il allait même nous adresser la parole.

– Les amis, a-t-il dit avec enthousiasme, demain est un grand jour pour moi car je vais être accueilli au sein de la communauté. Je vais changer de nom et de lieu de couchage. Vous êtes tous invités à la cérémonie qui se déroulera juste après le dîner. Vous viendrez, j'espère ?

– Pourquoi pas ? a répondu Claudius sans hésiter, comme s'il voulait montrer que les événements de la journée n'avaient eu aucun effet sur lui.

– Pourquoi tu nous invites ? a interrogé Marcus, un peu agressif. Je croyais que tu voulais faire une croix sur ton passé, et donc sur nous ? Surtout après ce qu'il s'est passé ce matin... Pourquoi nous avoir tiré dessus ?

– Je ne vois pas de quoi tu parles, a-t-il répondu d'un air gêné. Ici, on ne tire pas sur des amis. Bonne nuit, les gars, et à demain soir alors, si vous vous décidez...

Nous nous sommes regardés tous les quatre, partagés entre la perplexité et l'amusement.

Ce matin, je repense à notre ex-ami qui va s'engager pour le restant de ses jours dans le clan des Sangliers. Comment peut-il envisager une telle existence, uniquement centrée sur la lutte pour gagner ou conserver un peu de pouvoir ? Cela ne peut pas constituer une vie.

– Méto, c'est l'heure, m'annonce Claudius. Pirève nous attend déjà. Je ne sais pas ce qu'il nous réserve aujourd'hui.

– Et tes brûlures dans le dos ?

– Je ne sens plus rien.

– J'aimerais bien les voir sous un puits de lumière, tu permets ?

– D'accord, mais fais vite.

Il relève son maillot de corps et je commence l'inspection. Je commente :

– Ta peau a été superficiellement entaillée par une lame très fine. C'est le savon, en pénétrant dans les cicatrices, qui a réveillé la douleur. Maintenant, une croûte marron s'est formée.

– Quand j'y repense, je ressentais des picotements hier matin après mon retour de l'Entre-deux. Je pensais que c'étaient des puces... Méto, que te veut le Chamane ?

– N'en parle pas aux autres, s'il te plaît, Claudius.

– D'accord, mais promets-moi de tout m'expliquer très vite.

– Ce soir, si tu veux.

Pirève partage le petit déjeuner avec nous. Après quelques bouchées, il se décide enfin à nous parler :

– Je voulais d'abord vous féliciter pour votre comportement d'hier. Vous vous en êtes bien sortis. Une Chouette qui veillait sur vous m'a rapporté le zèle, voire l'acharnement dont ont fait preuve certains membres de la communauté qui vous testaient. Sachez que le Premier cercle a chargé un Ancien d'enquêter à ce sujet. Aujourd'hui, rassurez-vous, vous ne serez pas livrés à vous-mêmes. Nous avons une urgence. On a découvert que le couloir sud était obstrué par un gros éboulement. Il faut le déboucher au plus vite parce que c'est la seule issue vers la plage. Vous devez savoir que ce genre d'incident est rarement le fruit du hasard. La Maison a peut-être prévu une attaque pour ce soir. Finissez vite de déjeuner et rejoignez-nous.

– Vous avez entendu ? commente Marcus. Une attaque pour ce soir, moi qui espérais que la situation finirait par s'apaiser.

– Je préfère mourir plutôt que retourner à la Maison, déclare Octavius, catégorique. J'espère que les Oreilles coupées nous confieront des armes et qu'ils nous laisseront nous battre jusqu'au bout.

Claudius lui tape gentiment sur l'épaule, pour le réconforter, puis lui sourit et déclare :

– Pirève a seulement évoqué un risque d'attaque. Ne dramatise pas tout de suite. Sache que je n'ai prévu ni de retourner à la Maison ni de mourir aujourd'hui.

Je sais maintenant que tous les récents événements sont liés. Nous empêchons Marcus de tomber dans un piège en le dissuadant de se rendre dans la grotte, alors les Lézards nous font tirer dessus pour nous intimider, peut-être même pour nous tuer, car ils pensent que je fais obstacle à leur plan. Peut-être veulent-ils aussi montrer à ceux de la Maison qu'ils font tout ce qu'ils peuvent pour récupérer Marcus en nous attaquant tout près de la frontière, là où ils se savent observés. De leur côté, ceux de la Maison, voyant la perspective de l'échange s'éloigner, peuvent avoir décidé de faire pression sur les Lézards en menaçant d'attaquer la grotte... Nous sommes au milieu d'une tempête qui n'a pas encore réellement éclaté.

Vu l'étroitesse du couloir, il est impossible que plus de quatre personnes travaillent en même temps : nous ne déblayons qu'une demi-heure à tour de rôle. Deux autres équipes prennent le relais. Des membres du Premier cercle passent régulièrement pour observer l'avancement des travaux. La galerie est entièrement nettoyée en fin d'après-midi. Des Vipères examinent la roche et discutent. La présence d'humidité révèle que l'éboulement a été préparé ou provoqué de l'extérieur. L'hypothèse d'une attaque imminente est donc retenue.

Après le repas, malgré l'alerte, beaucoup d'Oreilles coupées se rassemblent au milieu de la salle principale. Regroupés par clans, les Chevelus s'assoient, s'agenouillent ou restent debout pour profiter du spectacle de l'initiation. Toutèche s'est rapproché de nous. Les Sangliers ont tracé sur le sol un cercle d'un mètre de diamètre environ. Ils y versent plusieurs litres d'eau. L'un d'entre eux remue la terre avec soin. Puis notre ancien ami Titus est invité à s'allonger sur le ventre et à plonger la tête dans la boue épaisse qui s'est formée. Après avoir lancé leur cri de guerre, tous les membres du clan viennent marcher sur la tête de notre ami. J'ai peur qu'il ne s'étouffe et j'esquisse un mouvement pour aller à son secours. Toutèche me retient fermement et me glisse à l'oreille :

– On est tous passés par là et jamais personne n'en est mort. La symbolique de ce rite est la suivante : le nouveau doit faire corps avec la terre de l'île qu'il s'engage à ne jamais quitter. Il montre sa soumission aux règles de la communauté et à son clan en se laissant fouler aux pieds. Les autres lui témoignent leur solidarité en appuyant sa résolution. Quand il se relèvera, ce sera une nouvelle naissance pour lui. Demain matin, lorsque la boue aura séché, les Sangliers couleront du plâtre dans l'empreinte de son visage et son masque ira rejoindre les autres sur le mur du Souvenir. Ainsi, même s'il disparaît un jour, son image restera à jamais ici.

Je comprends enfin pourquoi les portraits de ce que nous appelions entre nous le « mur des grimaces » étaient tordus par la douleur. Je regarde Marcus qui a choisi de fermer les yeux. Ce supplice est interminable. Je me demande comment Titus fait pour reprendre son souffle. Il se relève enfin, crache un peu puis lève les bras en signe de victoire. Il est alors porté en triomphe par les siens dans une immense clameur. Je n'envie pas une seconde son bonheur. Autour de moi, hormis chez mes trois camarades, c'est la joie qui domine. Même Toutèche semble partager la liesse générale et sourit. Il nous explique que les Sangliers vont maintenant dessiner sur le front, le torse, le dos et les bras de Titus la lettre S. S comme Solidarité, Soumission, Souvenir, Secret, Sédentarité.

– Et comme Sadisme et Saloperie, ne peut se retenir Marcus. Moi aussi, je vais m'enfuir de cette île de tarés.

– Qu'est-ce que tu viens de dire, Petit ? s'exclame un Lézard qui s'est faufilé près de nous sans qu'on le remarque.

Avant même que nous ayons le temps de réagir, il envoie son poing dans la figure de Marcus. Nous intervenons aussitôt, décidés à partager les coups destinés à notre frère. Il faut frapper fort et rester debout. Heureusement, je m'aperçois vite que nous ne serons pas lynchés par le groupe de nos adversaires, de plus en plus nombreux, car de gros Chevelus s'interposent en criant. Ils nous extirpent de force de la mêlée et nous conduisent devant le Premier cercle.

– Je ne suis pas là pour écouter vos explications, commence Nairgels. Marcus a insulté la communauté. Nous déciderons de sa peine plus tard. En attendant, vous serez privés de nourriture pendant deux jours.

Un barbu me tâte la tête. Il montre aux autres sa main barbouillée de sang. La douleur me parvient seulement maintenant. Ma vision se brouille.

Je reconnais le lieu avant même d'ouvrir les yeux, grâce au calme et à l'odeur si particulière. Je suis dans l'Entre-deux, à la même place que la première fois, près du mur couvert d'étranges écritures. Je sens que mon crâne est entouré d'une bande. Ma tête semble prise dans un étau. Je peine à garder les paupières ouvertes. Je ne suis pas attaché, pourtant je ne peux bouger les membres et ma langue paraît engourdie elle aussi.

Le Chamane est planté devant moi, son visage est couvert de suie. Il porte un large manteau avec une capuche qui lui cache le haut du visage. Il s'en débarrasse et entreprend de défaire les protections d'inche qui modifient sa silhouette. Il ne porte plus qu'une longue chemise qui descend jusqu'aux genoux, avec une fine ceinture de corde à la taille. Il s'écarte de mon champ de vision, j'entends couler de l'eau. Il doit se laver le visage et les mains. Il se penche sur moi. Ses longs cheveux sont détachés. Je sens son odeur, si différente de celle des Chevelus. Et je vois ses muscles pectoraux étrangement gonflés. Dans un éclair, tout le puzzle se reconstitue. Le Chamane est une femme et ce sont ses mamelles, je crois me souvenir qu'on emploie un autre mot, ce sont ses seins qui bougent sous le tissu.

Elle sourit, mais son visage ne montre aucune gentillesse. Elle me parle. Le ton est glaçant.

– Enfin ! Tu es là, Méto. Tu avais compris depuis longtemps déjà, n'est-ce pas ? Parfois, connaître la vérité permet de rester en vie, parfois, c'est le contraire. Je t'ai soigné, Petit, et tu ne mourras pas de ta blessure à la tête. Je vais te garder et profiter de ta présence quelque temps. J'ai rarement l'occasion de parler à des êtres conscients ou tout simplement vivants.

Elle s'allonge tout près de moi et inspecte mon visage. Avec son doigt, elle évalue l'importance du duvet au-dessus de ma lèvre supérieure, peut-être pour estimer mon âge. Elle reste là une bonne heure à m'examiner. Je suis complètement à sa merci. Je ne sais où porter les yeux car son regard froid m'effraie. Je scrute le mur. Peut-être que, si j'arrive à comprendre ce qui est écrit, je trouverai une idée pour m'en sortir.

– Nous ne serons pas dérangés, annonce-t-elle soudain, les Puants croient à une attaque. Mais j'ai eu l'occasion d'aller faire un tour à la Maison dernièrement et je n'ai pas remarqué l'agitation habituelle qui précède un assaut. Je vais te préparer une purée et te la ferai manger comme à un bébé. J'aimais faire ça autrefois avec mon petit frère.

Son visage ne montre aucune pitié. J'ai plutôt l'impression qu'elle veut s'amuser. Je détourne les yeux vers le mur gravé.

– Tu t'intéresses à mes textes mais leur cryptage pourtant fort simple n'est pas à ta portée. Ah ! j'allais oublier, c'est l'heure de ta piqûre. Je ne veux pas que tu te mettes à brailler ou à gigoter dans tous les sens pendant mon sommeil.

Elle se lève et va s'activer loin de moi. Je reconnais l'odeur de l'alcool, ce qui signifie qu'elle stérilise l'aiguille. Elle s'applique pour que je ne souffre pas. Pourquoi tient-elle absolument à me tuer ? Pourquoi le fait qu'elle soit une femme doit-il rester un secret ? Pour me calmer, je me concentre sur ces curieuses lettres qui courent le long de la paroi. Il y a plusieurs lignes de longueurs différentes.

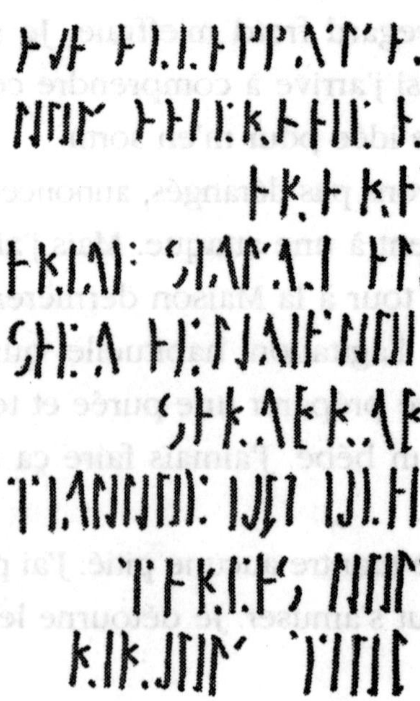

Je vais me focaliser uniquement sur la première. Chaque signe doit représenter une lettre, comme quand on code un message en remplaçant une lettre par son rang dans l'alphabet. Méto s'écrit 13.5.20.15. Ici, chaque lettre est remplacée par un signe. Je sais qu'en cherchant celui qui revient le plus fréquemment, on trouve le e. Celui qui le représenterait ressemble à un t en minuscule mais avec une barre horizontale plus basse, elle est juste au milieu de la barre verticale. Cela pourrait aussi être un E majuscule inachevé. Alors on aurait un alphabet de lettres inachevées. Des points placés à côté de certains signes pourraient orienter la manière dont il faut compléter la lettre, par exemple : . I. Si je relie la base du trait vertical jusqu'au point, j'obtiens une sorte de J anguleux. Grâce à cette méthode, je déchiffre quelques lettres : E - E ELLE - - - - EJ. Je ne connais pas de mot se terminant par J. Si elle utilise un langage qui m'est inconnu, je ne trouverai jamais !

Elle revient et m'assoit sur la couche, contre le mur. Elle entreprend de me faire manger mais, avec ma langue engourdie, c'est très difficile. Elle me caresse la tête en évitant ma blessure. Quand je ferme les yeux, je suis presque bien. J'ai au fond de moi l'impression d'avoir déjà vécu ce moment. Lorsque cette pensée se forme dans mon esprit, sans que je puisse le maîtriser, des larmes coulent sur mes joues.

Elle prend une voix plus douce pour me parler :

– Il ne faut pas t'inquiéter, Méto. Je ne te ferai pas souffrir et puis dis-toi que la vie sur l'île, dans la Maison ou dans les grottes, ne mérite pas d'être vécue. La vraie vie est ailleurs, mais elle n'est ni pour toi ni pour moi. Ne pleure pas, petit Méto. Je te tuerai sans plaisir mais il le faut, c'est comme ça.

Elle a de nouveau disparu. Je dois reprendre mon travail de décryptage. Il ne faut pas que je pense... que sa prochaine piqûre me sera sans doute fatale, que je vais mourir sans avoir retrouvé mes parents... Je relis la suite des lettres que j'ai réussi à former dans ma tête. Et si... ? Et si je prenais la phrase à l'envers, le premier mot serait : JE - - - - ELLE E - E. Deux lettres identiques avant ELLE, elle avait tort, la solution est à ma portée : *Je m'appelle Eve*. Elle s'appelle Eve. Mes yeux se ferment.

À mon réveil, elle est de nouveau collée contre moi et elle dort. Je ne sais combien de temps va durer ce sursis. Je pense à mes amis. Que font-ils sans moi ? Sont-ils sains et saufs ? J'espère que les Oreilles coupées n'ont pas sauté sur l'occasion pour se débarrasser de Marcus en négociant une trêve avec la Maison. Ils auraient trouvé une justification à leur lâcheté. Elle bouge et pose ses lèvres sur ma joue. Comme lorsqu'elle caressait ma tête pendant le repas, ce geste me renvoie à un sentiment enfoui dans ma mémoire et je souris malgré moi.

– Qu'il est mignon ! s'écrie-t-elle. Quel dommage que tu sois un garçon, je t'aurais bien gardé.

Elle s'éloigne. Je l'entends rire toute seule.

J'arrive à bouger la langue : je me sens presque capable de parler. Comme elle ne fait plus attention à moi, j'en profite pour continuer ma recherche :

Je m'appelle Eve.

Je cherche mon frère.

Ne jamais faire confiance à ces Barbares.

Celui qui connaît mon secret doit mourir.

Cette dernière phrase est répétée au moins dix fois.

Elle se penche sur moi. Je ne veux pas qu'elle m'endorme. Je me lance avant qu'il ne soit trop tard :

– Tu es venue sur cette île pour chercher ton frère.

Elle me plaque violemment deux doigts sur la bouche pour me faire taire. Je continue en tremblant :

– Permets-moi de te parler un peu. Je ne crierai pas et n'essaierai pas de m'enfuir. Je veux juste comprendre. Tu me tueras plus tard, je me laisserai faire.

Elle ne m'écoute pas et plante sans attendre l'aiguille dans ma jambe. Je suis encore trop faible pour me défendre. Elle me fixe dans les yeux mais ne pousse pas sur la seringue.

– Tu as quelques minutes, Méto.

– Pourquoi devrais-je mourir ? Je suis un enfant ! Je n'ai rien à...

– Tais-toi ! coupe-t-elle. Je ne peux faire confiance à personne. Les Barbares, même quand ils sont très jeunes, sont capables d'actes d'une cruauté inouïe. J'ai vu le corps mutilé de...

Elle s'interrompt, braque sur moi un regard dur et ajoute d'un ton sec :

– Je me suis juré de ne jamais tomber vivante entre leurs mains. La discussion est terminée. Je n'ai plus envie de parler.

Elle appuie lentement sur la seringue pour pousser le liquide dans ma veine. Je dois encore essayer avant que le produit agisse. Je bredouille à toute vitesse :

– Je ne suis pas comme eux ! Je n'ai jamais trahi personne... Je le jure !... Je suis gentil... Je ne veux pas mourir !

Elle achève son geste et retire l'aiguille.

– Arrête de geindre comme un nourrisson ! Si tu veux que je t'écoute encore un peu, il faudra te montrer plus intéressant. Je perçois en toi quelque chose de légèrement différent. Mais ne te berce pas d'illusions : tu ne feras pas exception à la règle.

Je suis complètement épuisé mais j'ai le sentiment d'avoir franchi une première étape. Je dois trouver le moyen de faire durer nos échanges. J'ai l'intime conviction que plus on connaît les gens, plus c'est difficile de les supprimer. Elle a les cheveux marron orangé comme Octavius. Se pourrait-il qu'il soit son frère ? Elle le connaît, puisqu'il m'a accompagné dans l'Entre-deux pour déposer Èprive et qu'elle lui a tiré les cheveux. Peut-être était-ce pour en vérifier la couleur ?

L'injection produit son effet et mes paupières se ferment brutalement.

– Alors, Petit Méto, on se réveille ? Je vais te permettre d'utiliser mon point d'eau car j'aime les garçons propres.

Elle m'aide à me lever. Elle passe mon bras autour de son cou et nous progressons vers le fond de sa grotte. Je revois, en la traversant, les médicaments, le gros livre et des cahiers semblables à ceux de la Maison. Elle me déshabille en détournant le regard et me plonge dans une très grande bassine d'eau chaude et savonneuse. Elle me frotte le dos. Je me laisse faire. Elle me lave les cheveux avec du shampoing. Elle me rince la tête puis entreprend de m'essuyer. Je me sens bien. De nouveau, des larmes irrépressibles affluent dans mes yeux. Elle me tend une serviette et s'écarte de moi.

– Sèche-toi, dit-elle d'une voix soudain plus grave.

Elle s'éloigne. Je retrouve mon calme au bout de quelques minutes. Je suis encore ankylosé et je mets un certain temps à me rhabiller avec les affaires propres qu'elle a préparées pour moi. Quand elle revient me chercher, elle me sourit comme si elle était fière de moi. De retour dans le lit, je décide d'engager la discussion. Elle ne semble pas s'y opposer.

– Mon ami Octavius n'est pas ton frère ?

Elle paraît surprise par ma remarque. Dans un premier temps, j'ai bien songé que je pourrais le lui faire croire. Mais je la sais trop fine pour se laisser ainsi manipuler.

– Non, répond-elle. Les cheveux et l'âge correspondent mais pas la couleur des yeux.

– Tu l'as beaucoup impressionné, dis-je.

– Je sais. Dis-moi, tout à l'heure, pourquoi pleurais-tu ? C'est parce que tu avais du savon dans les yeux ?

– Je ne sais pas. C'est venu tout seul. Peut-être que ma mère, quand j'étais petit... Je ne me souviens de rien... Si elle venait me chercher un jour, je crois que je ne pourrais pas la reconnaître. On m'a volé mes souvenirs et parfois... ça me fait si mal.

– Parle-moi de la vie dans la Maison.

Pendant plus d'une heure, je lui raconte tout : les règles absurdes, les châtiments, les injustices, les mouchards, la peur qui nous étreint à chaque seconde. Elle m'écoute attentivement, me fait préciser des détails. J'évoque aussi la révolte, nos espoirs et la frustration d'avoir abandonné les Petits. Je profite du récit, mais sans trop appuyer le trait, pour lui montrer que je suis fidèle en amitié, que je ne trahis jamais mes serments. Je lui parle de mes frères, Marcus, Octavius et Claudius. J'insiste enfin sur les attaques dont nous sommes victimes de la part des Oreilles coupées. Je veux qu'elle comprenne que je ne suis pas de leur côté. Je termine en lui posant à mon tour une question :

– Sais-tu ce que les Oreilles coupées ont fait de mes amis depuis leur arrestation ?

– Ils les ont relâchés. Un affreux Lézard s'est porté garant du blasphémateur, qui est maintenant surveillé par son clan. Je vais faire à manger, Petit Méto.

Radzel. Marcus est entre les mains de ce gars cruel et prêt à toutes les traîtrises. Je dois retourner dans la grotte principale. Je ne peux pas le laisser sans protection. Mais comment faire pour sortir d'ici ? Je sens que la situation évolue doucement. Elle n'a pas parlé de me piquer de nouveau. C'est un signe encourageant. J'ai l'impression qu'elle me traite un peu comme un petit frère. Je ne crois plus représenter désormais un réel danger pour elle tant que je reste dans l'Entre-deux. Mais comment faire maintenant pour qu'elle me relâche ? Quel gage de confiance puis-je lui donner ?

Elle revient et nous mangeons en silence. J'aurais envie qu'elle me parle d'elle. J'aimerais savoir depuis combien de temps elle est ici et ce qui se passe au-delà de l'île. Je n'ose pas. Je la regarde.

– Ne me regarde pas comme ça, déclare-t-elle. Je ne suis pas gentille. C'est en inspirant la peur que j'ai survécu ici. Tu dois me craindre, Petit Méto. Si j'ai soigné beaucoup de Puants, c'est pour ne pas attirer l'attention, mais sache que j'ai laissé mourir les plus pourris, ceux que je voyais profiter de la faiblesse des autres. Je joue la régulatrice.

Elle se lève, revient avec la seringue et me pique dans la cuisse. Je risque une question :

– Tu crois encore que tu retrouveras ton frère ?

– Si je n'y croyais plus du tout, je me serais injecté une bonne dose pour partir dans ce qu'ils appellent l'Autre Monde.

Je la contemple en train de revêtir son accoutrement de Chamane. Elle va sortir. Je n'ai aucune idée de l'heure qu'il est quand je m'endors.

Ce matin, j'arrive à manger sans son aide et elle me laisse faire. Ce ne sont pas les plats habituels préparés par Louche. Je respire un grand coup avant de lâcher cette phrase dont j'ai pesé tous les mots. Je me domine pour ne pas trembler.

– C'est très bon, Eve.

– Tu ne dois pas m'appeler comme ça. Je te l'interdis.

Je vois qu'elle est troublée. J'attends quelques longues minutes avant de continuer :

– Tu n'aimes pas la cuisine préparée par les Oreilles coupées ?

– Je préfère décider de ce que je mange et puis ça m'occupe. En dehors des lendemains de bataille ou de matchs d'inche et des séquelles de leurs rituels imbéciles, je suis souvent inactive.

– Quels rituels ?

– Demain, ils vont trancher les lobes de ton ancien copain Titus sans aucune raison valable, puisqu'il ne portait pas l'anneau. Ils vont le charcuter avec un couteau mal stérilisé. Alors, il souffrira le martyre pendant des jours mais n'osera pas se plaindre parce que c'est une brute comme les autres. Quand on me l'amènera, il sera bien infecté. Au fait, il est affublé désormais du nom ridicule de Sangelir. J'espère qu'il sera moins cruel que celui qui le portait précédemment.

– Titus est un tueur. Il le sait depuis toujours et il nous l'a prouvé. Mais c'est encore mon ami. Où es-tu allée hier ?

– J'étais dans la Maison.

– Comment fais-tu pour y pénétrer ?

– J'ai un trousseau de clés qui me permet entre autres d'accéder à la réserve des médicaments.

– Et tu ne fais jamais de mauvaises rencontres ?

– J'y vais pendant l'heure morte, les nuits où les Renards n'y sont pas non plus...

– J'aimerais faire passer un message à Décimus pour lui dire que je ne l'oublie pas. Tu sais, c'est un des Petits dont je t'ai parlé hier.

Elle me sourit. Je la regarde droit dans les yeux avant de demander :

– Tu ne vas pas me tuer ? Tu sais que tu peux avoir confiance, que je ne te dénoncerai jamais.

Elle se lève sans me répondre et me tourne le dos. Elle revient avec sa seringue et me la plante sans même lever les yeux vers moi. Je me laisse faire, j'ai parlé trop vite.

Quand je me réveille, elle est près de moi et m'observe. Elle a dû prendre sa décision.

– Petit Méto, j'ai trouvé un message pour toi devant l'entrée de l'Entre-deux.

Elle me tend la feuille dépliée.

Méto,

On a besoin de toi. Marcus a disparu cette nuit. Octavius et moi espérons que tu vas bien. Claudius.

Je m'agite. Il faut qu'elle comprenne.

– Eve, je dois les rejoindre. Je ne peux pas abandonner Marcus. Je t'ai parlé de lui, il est comme mon frère et j'ai toujours veillé sur lui. Je te jure sur sa tête de ne jamais te trahir. Je te supplie de me laisser sortir.

Une douleur me tord le ventre, j'ai envie de crier. J'essaie de me maîtriser et de capter son regard. Elle est comme absente et ses yeux paraissent vides.

– Je... je te promets aussi de tout faire pour retrouver la trace de ton frère ! Je... je connais des gens qui savent. Je vais les interroger... Je reviendrai t'aider, je te le promets... Comment s'appelle-t-il ?

– Comment comptes-tu t'y prendre ? J'ai déjà tout essayé.

– J'ai rapporté du bureau des César un classeur dont je n'ai pas encore découvert le code. D'après moi, il renferme tous les renseignements sur les enfants passés sur l'île.

Nous restons de longues minutes silencieux, à nous regarder. Finalement, elle déclare en détachant bien ses mots :

– Si tu me trahis, je te tuerai aussitôt. Tu as compris ?

Je hoche la tête. Je n'ose pas encore me lever, même si je crois comprendre qu'elle va me laisser partir. Elle reprend :

– Tu reviendras ?

– Oui, je te le promets. Je suis sûr que je peux t'aider.

À ma propre surprise, je sens que j'ai envie de revenir. Je reste persuadé qu'elle a beaucoup à m'apprendre. Et elle est si différente. Elle semble lire dans mes pensées car elle ajoute :

– Attends la nuit pour sortir et n'oublie pas de remettre tes vêtements puants avant d'y aller.

Je guette dans la pénombre le moindre bruit suspect. Puis je me lance. Les feux ne brûlent plus depuis longtemps, mais j'ai appris à me repérer. C'est comme autrefois dans le dortoir, quand on était de service pour éteindre la lumière et qu'il fallait zigzaguer dans le noir absolu au milieu des lits si fragiles avant de retrouver le sien. Mes copains dorment. Je grimpe à l'échelle et je me glisse dans mon alvéole. Dès que je ferme les yeux, je vois Eve. Quand je le pourrai, je retournerai la voir. De toute façon, elle sait où je suis, elle n'hésitera pas à venir me chercher.

Claudius me secoue. Il est visiblement soulagé et heureux de me revoir vivant.

– On a vraiment cru qu'on t'avait perdu ! Octavius, viens voir ! Méto est là.

J'entends, en réponse, les mots étouffés de notre ami :

– Je sais, je sais, j'arrive.

Je comprends qu'il est en train de pleurer sous le coup de l'émotion et qu'il se cache. Je me lève, monte dans son alvéole et le prends dans mes bras quelques minutes. Les sanglots s'apaisent. Il est temps de revenir aux choses sérieuses.

– Et Marcus ?

– Radzel l'a fait libérer après l'avoir forcé à des excuses publiques. Le Premier cercle avait décidé de le séparer de nous pour qu'il effectue sa rééducation plus efficacement.

– Ça veut dire quoi, sa rééducation ?

– C'est une période plus ou moins longue où on fait comprendre ses erreurs à un enfant et « on lui enfonce dans le crâne, par tous les moyens, les vraies valeurs de la communauté ». Ce sont les mots exacts de Radzel que je te rapporte.

Claudius me raconte ensuite en détail toutes les démarches qu'ils ont entreprises pour retrouver Marcus. Ils ont d'abord exploré la grotte et ses alentours avec minutie. Ils ont ensuite harcelé Radzel et les Lézards qui l'avaient fait emménager auprès d'eux pour le surveiller. Ces traîtres leur ont dit qu'ils avaient uniquement reçu l'ordre d'empêcher notre ami de blasphémer à nouveau, mais que Marcus était autorisé à prendre sa douche à minuit et à faire un détour par la plage en revenant. On ne pouvait pas être plus explicite sur leur implication dans sa disparition, et Marcus était tombé dans le piège. Quand, enfin, ils ont fait part à Nairgels et au Premier cercle des soupçons qu'ils avaient vis-à-vis du clan de Radzel et de leur inquiétude au sujet du sort de notre ami, ils se sont entendu répondre qu'on n'allait pas risquer des hommes pour partir à la recherche d'un enfant qui refusait les règles de vie des Oreilles coupées. Claudius en a conclu qu'on ne pouvait compter que sur nous-mêmes.

– Eh bien, dis-je avec un ton que je veux assuré, nous allons rentrer nous-mêmes en contact avec la Maison.

CHAPITRE 8

Pendant la matinée, nous découvrons enfin l'occupation principale des Oreilles coupées : la chasse. Nous sommes guidés par un Renard nommé Darren. Il nous explique que cette activité est pratiquée par trois groupes : les Renards, les Sangliers et les Faucons. Ces derniers se déplacent dans les arbres et surprennent leurs adversaires en leur tombant dessus. Les Sangliers se déplacent surtout à quatre pattes ou en rampant sous les branches basses des sapins et n'hésitent pas à aller au contact. Les Renards utilisent plutôt la ruse et sont particulièrement actifs la nuit.

– Et quel est le rôle exact des Lézards ? demande Claudius.

– Hein ? fait notre guide, un peu gêné. Ils chassent aussi parfois mais ils sont plus spécialisés dans la sécurité.

– C'est-à-dire ? insiste mon ami.

– En fait, ils nous surveillent, précise-t-il en baissant le ton, nous, les autres membres de la communauté ; ils cherchent aussi des renseignements auprès des autres habitants de l'île, essentiellement des serviteurs. Ils sont très puissants. Mais nous ne sommes pas là pour parler d'eux.

Darren nous entraîne à travers de minuscules sentiers. Nous devons comme d'habitude nous jeter à plat ventre sans réfléchir si notre guide le décide. Nous progressons lentement car, peut-être pour nous tester, il plonge très souvent. Enfin, nous nous arrêtons sur une hauteur pour observer une scène de chasse. Quelques Renards suivent de loin des serviteurs qui tirent une charrette à bras pleine de sacs de patates. À l'occasion d'un virage, deux serviteurs retirent un des sacs et le cachent dans des fougères. Ils poursuivent ensuite leur chemin comme si de rien n'était. Les Renards, arrivés sur les lieux quelques minutes plus tard, récupèrent le sac. Je chuchote à l'oreille de Darren :

– Pourquoi font-ils cela ?

– C'est un échange. Dans le sac de pommes de terre, nous allons trouver un message nous demandant de leur rendre un service. On devra peut-être effrayer un autre campement ou bien rouer de coups leurs gardes ou les mouchards du groupe. Eux seraient passibles d'une punition sévère, comme une amputation, s'ils étaient découverts en train de régler leurs comptes. Ils font donc appel à nous. Ranerd arrive, on va bientôt savoir ce qu'ils veulent.

Le Renard tend à son chef un papier sale et chiffonné sur lequel on peut lire : *Casser Gros pif.*

Sans attendre, nous repartons par un autre chemin. Nous nous arrêtons sous des arbres où nous retrouvons l'autre partie du clan. Darren se tourne vers nous :

– Vous rapportez le sac chez Louche. Le reste de la mission comporte trop de risques pour que vous puissiez venir. Allez-y ! Rentrez directement.

Nous les regardons disparaître un à un dans les sous-bois. Le fardeau est tellement lourd à transporter qu'il ne nous viendrait pas à l'idée de faire un détour. Nous parvenons péniblement à la cuisine. Nos poignets sont douloureux et nos paumes zébrées de rouge.

– Content de te revoir, Méto. Alors, vous faites le sale boulot, ce matin ?

– Comme tu vois.

Nous retournons près de nos alvéoles et je commence à expliquer mon plan à mes camarades :

– J'ai une idée pour récupérer Marcus. Je me doute que vous allez la juger folle, voire suicidaire, mais c'est la seule que j'aie trouvée et je crois qu'elle peut marcher. Nous allons nous adresser à celui que nous connaissons le mieux à la Maison et qui est le plus facilement manipulable. Il marche à l'affectif et n'envisage pas les conséquences de ses actes.

– Rémus ? propose Octavius.

– T'as deviné. C'est un des fils du chef, et on sait que son père l'aime tellement qu'il ne peut aisément lui dire non. Souvenez-vous qu'il choisissait ses cours et était dispensé d'étude. Je vais lui proposer de tenir la promesse que je lui avais faite un soir, quelques semaines avant notre fuite : organiser un match d'inche avec lui. Si on gagne la partie, j'impose le retour de Marcus.

– Et si on perd ? demande Octavius.

– Je me livre à la Maison.

Claudius lève les yeux au ciel comme si, pris d'une fièvre, je m'étais mis à délirer ou comme si, tout simplement, je plaisantais. Octavius semble plus inquiet :

– On n'est rien, ici. Comment veux-tu qu'on organise quoi que ce soit ? Ça revient à vouloir livrer bataille à trois contre le reste de l'île ! Tu oublies qu'on doit aussi se méfier de tout le monde. Méto, reviens sur terre !

– Nous n'avons pas d'autre solution. C'est extrêmement risqué, j'en suis conscient, mais on se doit de tout tenter pour Marcus.

Je marque une pause et observe mes camarades. Je reprends en essayant de me convaincre moi-même :

– Vous verrez, les gars ! On va y arriver. Ensuite, quand Marcus sera de retour, on rejoindra le continent pour retrouver nos familles. Je sais, avant cela il faut que les Oreilles coupées me donnent accès au classeur gris ultra-confidentiel et que je décrypte son code à dix chiffres.

Claudius secoue la tête. Un petit sourire perplexe se dessine sur son visage et il détourne le regard. Je crois qu'à cet instant il doute de moi.

L'après-midi nous permet de faire un peu monter notre taux d'adrénaline, car Darren nous assigne comme tâche le pillage d'une cabane à outils. Les pioches et les scies qu'utilisent les Oreilles coupées s'usent dans les travaux de perçage et de terrassement, et les Vipères n'ont pas les instruments qui permettent de les entretenir, les aiguiser ou les réparer. Nous devons également, au passage, déposer les outils abîmés. La mission est périlleuse car, à moins d'une cinquantaine de mètres en contrebas, des serviteurs travaillent dans un champ. Première difficulté : un cadenas muni d'un barillet à trois roues. Je peux assez facilement, grâce au son, retrouver la bonne combinaison, car ils s'en servent souvent. Deuxième difficulté : la porte grince horriblement. Claudius l'enlève de ses gonds et la pose doucement sur le côté. Nous échangeons les outils et refermons la cabane. Mission accomplie.

– Je vois, déclare notre guide, que nous n'aurons pas grand-chose à vous apprendre.

Après le repas, je me mets en quête d'Affre, mais il est toujours introuvable. Je décide de m'installer à l'endroit habituel et de l'attendre. Un petit barbu s'approche et me demande :

– Méto, tu cherches Affre ? Il t'attend. Il est dans son alvéole, au fond du couloir à droite, près du puits de lumière.

Je le trouve allongé, le visage crispé par la douleur. Il essaie de sourire en me voyant.

– Content que tu sois là, j'avais peur qu'il te soit arrivé des ennuis. Je suis en piteux état, comme tu le vois, j'ai des douleurs articulaires atroces. C'est normal, c'est bientôt la fin. D'habitude, les soldats meurent au combat avant de ressentir ces souffrances. J'ai beaucoup d'informations à te confier.

Affre m'explique alors que nous devons redoubler de vigilance. Le clan des Lézards et quelques autres se méfient tellement qu'ils préféreraient nous voir morts. Il me confirme qu'ils ont bien essayé de nous éliminer, Claudius et moi, pendant le test, en espérant faire croire à un accident. L'enquête effectuée par un ancien ami d'Affre l'a clairement prouvé. Ces reptiles sont trop puissants et lui n'envisage qu'une seule solution pour nous :

fuir l'île avant qu'il ne soit trop tard. Je lui demande si les Oreilles coupées ont trouvé un moyen d'ouvrir le classeur gris. Il m'explique qu'ils ont mis sur pied trois équipes de deux personnes qui se relaient jour et nuit. Elles testent toutes les solutions possibles et écrivent sur un cahier où elles en sont avant de céder leur place.

– Tu sais que, à raison d'une combinaison testée toutes les minutes, vingt-quatre heures sur vingt-quatre, il leur faudra plus de dix-neuf mille années pour aller au bout des dix milliards de solutions possibles. Je n'exagère pas, je l'ai calculé. Dis-leur que je saurais m'y prendre plus efficacement.

– Je transmettrai, mais on ne m'écoute plus beaucoup, maintenant.

Avant de dormir, je mets en garde mes copains sur les menaces qui pèsent sur nous et la nécessité d'organiser notre départ. Claudius souffle, un peu découragé :

– Il est gentil, ton informateur, mais on s'en doutait un peu. Il ne propose rien.

Fidèle à ma promesse, j'attends que mes amis dorment profondément pour sortir rejoindre celle que je voudrais connaître mieux. Je retiens mon souffle en descendant. À mi-chemin, je reviens sur mes pas pour vérifier qu'aucun ne faisait semblant de dormir.

Eve m'attendait, je le sens. Elle est pourtant carapaçonnée et voilée. Je suis content qu'elle se méfie autant des autres. Elle se débarrasse de son accoutrement et s'installe sur son lit. Je fais un peu la grimace car ça ne sent pas comme d'habitude. Elle le remarque aussitôt :

– Ça pue encore, je sais. Je n'arrive pas à faire disparaître cette odeur. Les Lézards m'ont livré un vieux cadavre que la Maison a dû leur rendre. Ils voulaient que je lui ferme les yeux et profère quelques incantations dans ma « langue ». Il n'est pas resté là plus de dix minutes mais je vais garder son souvenir parfumé ici pendant des jours encore. Ils sont partis le brûler pendant l'après-midi. Ils ne l'ont pas remarqué mais, comme tous les corps qui nous reviennent, il avait d'étranges ecchymoses au pli des coudes, comme quand on fait salement les piqûres.

– Pourquoi ?

– Je l'ignore.

– Est-ce que tu ne pourrais pas me donner un remède pour mon ami Affre qui souffre de douleurs articulaires ?

– Non, je n'ai jamais traité cela. Tout le monde est jeune ici. Affre, c'est l'ancien soldat ? Tu lui fais confiance ?

– Pas pour tout, mais il est de bon conseil.

– Je vais chercher dans mon livre et j'irai fouiller la réserve de médicaments à la Maison la nuit prochaine.

– Si tu veux bien, je viendrai avec toi et je passerai au dortoir.

– Cela ne te fait pas trop peur d'y retourner ?

– Si, mais je dois le faire.

Ensuite, Eve se penche pour attraper un de ses cahiers, qu'elle me met dans les mains. Il ressemble à un livre. Celui-là ne provient pas de la Maison. Je l'ouvre à la première page. Elle pose sa main sur mon poignet et me dit avec gravité :

– Je te fais confiance, Méto.

– Je te remercie, Eve.

Elle me regarde lire sans mot dire. Très vite, je suis happé par le récit.

14 mars 1975

J'ai longtemps regardé tes pages blanches avant d'oser commencer. Ce n'était pas l'envie qui me manquait. Je me sens totalement seule et je ne sais jamais à qui me confier. Ici, tout le monde vit dans la méfiance, au collège comme à la maison. Mon amie Ella m'a dit que ça lui faisait beaucoup de bien d'écrire. Elle se défoule, paraît-il.

Aurai-je la même audace ? Puis-je avoir confiance en toi ? Quand je contemple le misérable cadenas censé te protéger, je ne suis pas rassurée. Comment réagiraient mes parents s'ils découvraient ce que je pense vraiment d'eux ?

15 mars 1975

Ella m'a précisé qu'un journal intime, à sa connaissance, était toujours offert avec deux clefs. Elle en porte une autour du cou et l'autre est enterrée dans un endroit connu d'elle seule.

Mes parents en auraient-ils conservé une pour avoir accès facilement à mes secrets ? Ce journal serait-il un piège ? Et si c'était le seul moyen qu'ils aient trouvé pour connaître mes pensées, moi qu'ils surnomment parfois le « mur » ?

Avant de me lancer, je vais d'abord devoir trouver une super-cachette.

18 mars 1975

Mes parents sont des trouillards et ils méritent bien qu'on les appelle les « pareux » ou les « peurents » entre nous. Avec Gilles, parfois, on les taquine. On leur fait croire qu'on a désobéi juste pour voir leurs réactions. Hier, je leur ai dit que j'avais réussi à suivre intégralement le journal télévisé depuis la salle de bains et qu'ils n'avaient rien remarqué. Ils ont fait semblant de s'en moquer et se sont contentés de nous rappeler que cette mesure visait uniquement à protéger les enfants des images violentes, angoissantes et démoralisantes. Comme à chaque fois, j'avais l'impression qu'ils récitaient une leçon.

Mais, ce matin, j'ai aperçu ma mère en train de tester s'il était possible d'entendre quelque chose du bout du couloir. Et, ce soir, ils avaient considérablement baissé le son.

22 mai 1975

Un nouvel élève est arrivé ce matin dans la classe. Je suis allée avec lui dans la réserve pour l'aider à transporter une table et une chaise. C'est fou comme cette pièce est encombrée. Il est vrai qu'il y a eu beaucoup de départs ces dernières années, surtout vers les pensionnats hors zone, et très peu d'arrivées. Il m'a regardée avec intérêt et m'a demandé comment je m'appelais, où j'habitais et si j'étais une adolescente adoptée. J'en conclus que je suis une personne intéressante.

23 mai 1975

Il s'appelle Charles. On a fait le chemin ensemble pour revenir du collège. Il est un peu curieux. Il veut avoir des renseignements sur tout le monde. En définitive, je ne sais pas s'il s'intéresse vraiment à ma petite personne.

4 juin 1975

Charles n'est pas venu au collège depuis deux jours. Ella m'a demandé si je connaissais son adresse pour lui apporter ses devoirs. J'avais aussi songé à y aller mais il ne m'a jamais dit où il habitait. J'ai décidé de poser la question à l'administration du bahut. La dame m'a dit qu'il était reparti. Elle a ajouté qu'elle trouvait étrange que je m'intéresse à ce garçon et qu'elle en aviserait mes parents. J'aurais sans doute dû m'abstenir, même si je ne crains pas mes peurents.

2 septembre 1975

Je viens d'apprendre qu'Ella est partie dans un pensionnat. Je ne comprends pas qu'elle n'en ait jamais parlé avant. Nous avions choisi nos options pour être sûres de rester dans la même classe au lycée.

Ce que je ne digère pas, c'est que ni sa mère ni sa sœur ne veuillent me donner sa nouvelle adresse. Je ne sais pas ce qu'elles cachent. Je suis certaine en revanche qu'il est inutile que j'insiste. Sa mère m'a lancé un regard presque menaçant quand j'ai abordé le sujet. On va encore avoir à retirer une table dans la classe. Ce n'est pas la première copine que je perds de cette façon. Il serait temps que je comprenne pourquoi leurs parents s'en débarrassent ainsi. Qui pourrait m'expliquer ? Personne.

15 septembre 1975

Il m'arrive de repenser à Charles. J'ai l'impression que lui savait beaucoup de choses. Une partie de la vérité doit se trouver dans le journal du matin, mais mes parents ne le laissent jamais traîner et ils doivent rendre le précédent pour en avoir un nouveau. C'est, paraît-il, pour économiser le papier.

20 octobre 1975

Ce soir, ma mère m'a annoncé que notre chat avait été écrasé par une voiture. Même si je m'occupais peu de lui, je savais qu'il était là pour moi : certains soirs, il acceptait de rester sur mes genoux. Alors, je lui grattais les oreilles et il m'écoutait parler. Enfin, il faisait comme si et moi, j'avais moins l'impression d'être une folle qui parle toute seule. Quand ma mère me l'a dit, j'ai pleuré et je suis allée m'enfermer dans ma chambre. Pendant le dîner, mon père a déclaré qu'il venait d'apprendre une bonne nouvelle au téléphone : les voisins avaient confondu notre Titou avec un chat errant et Titou était chez eux, sain et sauf. J'aurais dû laisser éclater ma joie, mais j'ai repéré une drôle d'expression sur le visage de ma mère.

3 novembre 1975

Encore une fausse nouvelle : notre jeune voisin aurait été enlevé par un « dangereux pédophile ». Il s'agit du petit Martin que je garde parfois quand ses parents vont au concert et qui joue avec mon frère au foot.

Je ne comprends pas pourquoi ma mère m'en a parlé comme si c'était un fait avéré. Veut-elle nous habituer pour plus tard à des « nouvelles angoissantes, violentes et démoralisantes » ?

Gilles dit qu'elle « perd les pédales ».

24 novembre 1975

C'est au tour de mon père de jouer avec nos nerfs. Il nous a laissé croire pendant une semaine qu'il avait un cancer et qu'il n'en avait plus pour très longtemps. Gilles m'a prise à part et m'a assuré que notre paternel mentait.

Ce matin, de « nouveaux examens » donnaient raison à mon frère.

25 novembre 1975

Je me repasse le film de ces derniers mois et j'en arrive à cette conclusion : mes parents se sont amusés à nous faire peur pour observer nos réactions. Au jeu de celui qui ne se laisse jamais avoir, c'est mon frère le vainqueur. Et celle qui tombe à chaque fois dans le panneau, c'est moi.

Avant, ils faisaient tout pour nous préserver, maintenant ils veulent nous endurcir. Ils vont peut-être enfin nous considérer comme des adultes.

16 décembre 1975

Là, on ne joue plus. Gilles a disparu, vraiment disparu. Mes parents pensent qu'il s'agit d'une fugue. Je ne peux pas y croire. Je suis sûre qu'il ne serait pas parti sans me laisser un mot. Pourquoi aurait-il fugué, d'abord ? Il est trop jeune pour faire ça. Il n'avait pas eu de bons résultats trimestriels pour son début au collège mais cela ne l'avait pas traumatisé. Il disait qu'il serait sportif professionnel. Je ne comprends pas pourquoi mes parents semblent tellement résignés.

Quand j'y repense, je les ai beaucoup vu pleurer ces dernières semaines, mais c'était avant que Gilles ne disparaisse. J'ai surpris une fois papa dans la voiture, dans le garage, en train de pleurer sur le volant. Et maman avait les yeux rouges tous les soirs quand on rentrait de cours. On dirait que maintenant ça va mieux pour eux.

24 décembre 1975

Je ne peux pas imaginer passer Noël sans mon frère chéri. S'ils ne font rien, je partirai à sa recherche toute seule. Mon père va tous les deux jours au commissariat pour se tenir au courant des recherches. Mais il n'apprend rien. Je suis certaine qu'il ne pose pas les bonnes questions ou qu'il n'insiste pas assez. Après-demain, je vais l'accompagner.

25 décembre 1975

Je n'ouvrirai pas mes cadeaux. J'attends le retour de mon frère.

26 décembre 1975

Mon père s'est énervé. Il a refusé que je vienne avec lui. Il m'a dit que, de toute façon, la loi l'interdisait.

Ma copine Sophia m'a confié qu'on avait kidnappé sa sœur de huit ans pendant la nuit, il y a quatre mois, mais que ses parents lui avaient interdit d'en parler. Elle m'a dit que c'était aussi arrivé au petit frère d'une copine, qui avait disparu sur le chemin de l'école.

30 décembre 1975

J'ai la certitude qu'on me cache depuis longtemps quelque chose de très grave, d'inavouable (c'est le mot qu'a employé Sophia qui pense comme moi). Quand j'ai dit à ma mère que je ne voulais pas attendre encore trois ans pour avoir le droit d'accéder aux informations, elle s'est mise à pleurer : « Ne rajoute pas à notre malheur ! » Je sais bien que des enfants ont été retirés à la garde de leurs parents parce qu'ils avaient enfreint cette loi mais, pour une fois, on pourrait tricher ! Ils savent bien qu'il n'y a pas assez de policiers pour contrôler tout le monde.

1er janvier 1976

Je vais quitter la maison dès cette nuit, quand ils dormiront. Je ne sais pas si je les aime encore.

Aujourd'hui, en fin d'après-midi, j'ai suivi discrètement mon père au commissariat et je l'ai vu s'asseoir et regarder sa montre. Il a déplié son journal et l'a lu durant trente minutes sans rien demander à personne. Puis il est ressorti. Depuis le début, il faisait semblant. À la maison, j'ai piqué une crise devant ma mère. Je m'attendais à ce qu'elle s'énerve aussi, mais j'ai compris à leur regard qu'ils étaient complices. J'ai peur mais je ne peux pas rester une minute de plus avec eux.

4 janvier 1976

J'ai dépensé presque tout mon argent pour payer le billet de train jusqu'au Port E10. Après quelques heures à errer dans les rues, j'ai rencontré un type qui m'a aidée. Il s'appelle Garry. Il est comme moi. Il cherche aussi son petit frère parce que ses parents ne font rien. Il a trouvé près de la mer une maison de vacances inutilisée et a décidé de la squatter. Nous allons y rester le temps de nos recherches. Ce qui est bien, c'est qu'on peut se laver et faire des lessives. J'occupe la chambre de la fille de la famille. J'ai presque l'impression d'être à la maison. Garry a eu la bonne idée de piquer de l'argent à ses parents avant de partir. On peut faire les courses avec et manger à notre faim.

Il a entendu parler de bateaux qui transportaient des enfants sur des îles pas très loin d'ici, comme Esbee, Hélios, Siloë, Sélène, Dodgen et Denfark.

5 janvier 1976

Je sais où est Gilles. Il est sur Hélios. C'est à environ trente milles marins d'ici. Le frère de Garry est au même endroit. On le sait parce qu'on a appris qu'« ils » sélectionnaient les enfants en fonction de l'âge et du sexe. Garry a même pu vérifier les noms sur une liste laissée à la capitainerie du port avant le départ. J'ai immédiatement téléphoné à ma mère pour qu'ils aillent chercher mon frère. Mais elle m'a dit de revenir tout de suite et de ne pas m'occuper de cette histoire. Il est clair qu'ils sont complices de sa disparition. Je vais le ramener toute seule, moi, mon Gilou.

Eve me prend le journal des mains. Tant de questions se bousculent que je ne résiste pas à l'envie de l'interroger :

– Mais alors, il existerait aussi des Maisons pour les filles ? Et les parents sont au courant et ils laissent...

– Plus tard, coupe-t-elle en me caressant les cheveux, plus tard, Méto. Il faut que tu rentres, maintenant. À demain soir.

Je retourne à ma couchette sans prendre de précautions. Je suis trop bouleversé par ce que je viens de lire. On nous aurait vraiment abandonnés, alors.

Ce matin, ce sont les Faucons qui nous prennent en charge. Comme la veille, nous devons piller une cabane. Elle est située à proximité d'une des entrées de la Maison et donc d'un poste de garde. Nous ne voulons pas le montrer mais nous n'en menons pas large. Très vite, nous sentons que les choses ne seront pas aussi simples. Une détonation retentit alors que nous venons juste de forcer la serrure. Devant nous surgissent des soldats, qui nous visent de leurs fusils. Nous nous plaquons au sol, les mains sur la tête, incapables du moindre mouvement. Serait-on victimes d'un traquenard ? Puis, très vite, d'autres coups de feu éclatent ailleurs et des Sangliers surgissent d'un fossé en hurlant avant de plonger à quatre pattes sous les sapins. Les soldats sautent à leur suite et semblent se désintéresser de nous. Nous n'étions que les appâts. Nous rampons nous mettre à l'abri derrière une souche. La bataille s'est déplacée en contrebas. Les Renards en profitent pour piller les salaisons entreposées dans la cabane. Nous nous relevons et observons de loin l'affrontement. Des corps à corps s'engagent à différents endroits.

À la fin de l'après-midi, les clans comptent leurs membres. Il y a quelques fractures mais pas de blessés graves. Curieusement, les soldats n'ont pas utilisé leurs fusils, comme s'ils voulaient préserver leurs adversaires. De loin, on aurait pu croire qu'ils s'entraînaient ensemble ou qu'ils jouaient à une variante de l'inche. Avec beaucoup de conviction tout de même, au vu des dégâts physiques.

Je suis convoqué par le Premier cercle avant le repas.

– Méto, il paraît que tu pourrais ouvrir le classeur gris, commence Nairgels.

– J'ai dit que je pouvais essayer.

– Comment comptes-tu t'y prendre ?

– J'ai eu à décrypter des codes pour préparer notre révolte. Je sais que Jove ne choisit jamais au hasard les combinaisons. Il faut tenter de raisonner comme lui. Si vous me laissez deux ou trois heures en compagnie de mes amis chaque jour avec du papier et des crayons, et que vous nous permettez ensuite de tester nos hypothèses, je crois pouvoir y arriver en une semaine.

– Pourquoi avec tes amis ?

– Je ne veux pas qu'on soit séparés, c'est trop dangereux ici. Vous n'avez pas su protéger Marcus et maintenant nous n'avons plus confiance.

– C'est nous qui fixons les conditions. Pas toi. Ici, tu n'es rien ! hurle Nairgels.

– À vous de voir, mais mon cerveau ne fonctionne pas bien sous la contrainte. Bonne soirée.

Sans voix, ils me regardent quitter la tente. À cet instant précis, ils me détestent. Je sais aussi que je prends le risque de subir le même sort que Marcus si je m'oppose à leur autorité. Mais il y a urgence. Je veux croire que, lorsqu'ils auront réfléchi calmement, ils viendront me chercher. Les Lézards en charge du décodage doivent commencer à perdre patience.

Avant de rejoindre mes amis, je décide de rendre visite à Louche. Il me reçoit avec un petit sourire que je n'arrive pas à interpréter.

– On peut parler tranquillement, là ?

– Non. Viens plutôt pour la vaisselle et amène les autres, ainsi je pourrai donner congé à mes deux aides.

Comme convenu, nous retrouvons le cuisinier un peu plus tard. Nous faisons volontairement du bruit avec les ustensiles car nous nous savons surveillés à distance. Je lui demande de m'expliquer ce qui est essentiel pour réussir à quitter l'île. Il savait que j'étais là pour ça. Il tire un papier de sa poche et me le pose sous les yeux.

Conditions pour réussir

– être plusieurs

– trouver des amis capables de faire diversion et de résister à l'envie de partir

– savoir à quelle heure et à quel endroit précis mouillera le bateau
– être armés
– savoir utiliser un bateau et se repérer en mer

Je suis surpris que le cuisinier ait ainsi devancé mon attente. Jusqu'à présent, je le voyais plutôt comme quelqu'un cherchant juste à profiter d'une opportunité pour s'enfuir, mais n'ayant pas l'intention de s'impliquer dans la préparation. Je suspecte mon ami Affre de ne pas être étranger à ce changement. En faisant la plonge, je jette de temps à autre un coup d'œil sur la liste. Mes amis font de même. La vaisselle terminée, Louche enflamme le papier au-dessus d'un des brûleurs de la cuisinière à bois.

Je repars avec Octavius et Claudius qui semblent affolés par l'ampleur de la tâche à accomplir. Je ne suis, pour ma part, pas persuadé que toutes les conditions énoncées soient absolument nécessaires.

Avant de regagner ma couchette, je passe dire bonsoir à Affre qui m'attendait.

– Alors, ils vont te confier le classeur gris.

– Je n'en suis pas sûr.

– Ce n'est pas une question, Méto, j'en ai eu la confirmation il y a cinq minutes. Vous devez tout mettre en œuvre pour quitter l'île au plus vite. Un bateau ravitaille la Maison environ deux fois par mois. Pour avoir des précisions sur son prochain passage, vous allez rentrer en contact avec les serviteurs du camp numéro 7 car ils participent au débarquement des marchandises.

Je lui raconte ma visite chez Louche. Il sourit comme s'il savait déjà tout.

– Il t'a dit que c'était moi qui organiserais la diversion ?

Même si j'avais eu l'intuition qu'ils étaient proches, je ne peux m'empêcher de m'étonner.

– Tu pouvais te douter qu'un homme de sa qualité devait compter parmi mes amis. Tu en découvriras bientôt un autre, un qui possède une documentation impressionnante sur des sujets très divers comme...

– La navigation, par exemple ?

– Par exemple. Bonsoir, Méto.

– Bonsoir, Affre.

Je repars tout joyeux. J'espère trouver cette nuit de quoi soulager ses douleurs. Il est tellement bon. En approchant de notre coin, je vois un attroupement. Mes copains sont pris à partie par quelques Lézards. Le ton monte. Octavius et Claudius sont plaqués contre la paroi mais ils font face. Je suis étonné que les gars responsables de l'ordre ne soient pas déjà intervenus. Mon arrivée crée une petite diversion. Radzel, le « cruel », qui ne fait plus mystère de sa haine à notre égard, m'accueille par des mots doux :

– Et voilà le pire de tous ! Méto, qui se croit tellement supérieur, alors que c'est un petit rien du tout !

– Bonsoir, Radzel, tu viens nous donner des nouvelles de Marcus ?

La tension est extrême. Si les coups partent, nous n'aurons pas le dessus. Je dois trouver un moyen d'éviter la bagarre. Je reprends :

– Toi qui es bien renseigné, tu dois savoir qu'à partir de demain le Premier cercle va nous confier une mission aussi secrète qu'importante. Une mission difficile sur laquelle beaucoup ici se sont cassé les dents. Il ne faudrait donc pas que certains nous empêchent de bien commencer la nuit. Nous devons être en forme au réveil. Je pense que tu es d'accord ?

Je sens sur son visage comme une hésitation. Il est partagé entre l'envie de nous réduire en poussière et celle d'obéir à sa hiérarchie. Il tourne les talons et sa petite troupe avec. Je sais où il va. J'espère que la manière dont il racontera cet épisode ne les fera pas changer d'avis. Mes amis me tapent sur l'épaule.

– On avait dit qu'on devait toujours rester ensemble, déclare Octavius. Je préfère quand tu es là.

– Je crois, en effet, ajoute Claudius, que ce n'est qu'un début.

Nous décidons en conséquence d'aller ensemble aux toilettes et de rentrer ensuite directement nous coucher.

Je saisis une lampe à huile et commence à rédiger mes messages.

Décimus,

Nous sommes vivants et nous tiendrons notre promesse. Courage. Méto.

Rémus, mon ami,

Une promesse est une promesse. Je te propose de faire enfin notre partie d'inche. Nous suivrons les règles habituelles en cours à la Maison mais jouerons sur un terrain neutre, dans la clairière près de l'entrée ouest. Nous devons chacun de notre côté négocier une trêve pendant la durée du jeu. Si nous gagnons, vous nous rendrez Marcus. Si vous gagnez, je me livrerai à ton père. À très bientôt.

Méto.

Je voulais me reposer une petite heure avant l'expédition à la Maison, mais je me suis endormi. Il est tard. J'espère qu'Eve m'aura attendu. Je prends quand même les précautions habituelles avant de la rejoindre. Elle est prête, la peau noircie et vêtue comme un guerrier. Elle étale elle-même la suie sur mon visage. Je la suis dans la nuit. Elle se faufile dans les boyaux du labyrinthe sans marquer la moindre hésitation. Nous émergeons, après un bon quart d'heure de marche, à proximité d'une porte rouillée fixée dans la falaise. Elle l'ouvre sans difficulté. Nous entamons la montée de six séries de marches et débouchons dans un débarras semblable à celui emprunté pour notre évasion. Nous progressons dans les couloirs en silence, à l'affût du moindre bruit suspect, et pénétrons dans l'infirmerie. Mon cœur bat à un rythme fou. Je me sens fiévreux. Elle me demande de fouiller dans une armoire à la recherche d'« anti-inflammatoires ». Je lui fais répéter et commence la manipulation des boîtes. De son côté, elle remplit un sac de compresses, bandes, tubes d'aspirine, seringues et divers flacons. Je trouve deux produits où le mot est cité.

C'est dans les couloirs que je suis soudain bouleversé. L'odeur de la Maison fait resurgir des souvenirs qui me glacent sur place. Sans Eve, je rebrousserais peut-être chemin. Elle m'attrape la main et la presse quelques secondes pour m'entraîner. Arrivé dans le dortoir, je me faufile entre les lits jusqu'à celui de Marcus. J'avais un mince espoir de le retrouver là. Je lui avais même préparé un court message qui disait *Nous ne t'abandonnerons jamais. Tes frères*, mais c'est un Bleu ciel suçant son pouce qui occupe sa place. Rémus est bien là, lui. Il se démarque de tous ces petits car la peau de son visage est striée de fines rides. Je glisse le papier dans sa main droite que je referme doucement. Je fais de même pour Décimus qui sourit en dormant. Je passe près de Crassus. Si je ne courais pas de risques, je ferais bien un peu craquer le bois de son lit.

À l'abri dans les souterrains, Eve me prend la main de nouveau.

– Tu vois, tu as réussi.

– On n'a pas le droit d'abandonner ces Petits à leur sort. C'est trop dur...

À l'entrée de la salle principale, nous partons chacun de notre côté. Dans mon alvéole, je reprends enfin ma respiration. Ce que j'ai ressenti là-bas n'était pas vraiment de la peur, plutôt un sentiment d'étouffement. Je respirais difficilement et avais de la peine à suivre Eve. Au détour d'un couloir, je me suis arrêté, comme pétrifié. C'est l'odeur de la graisse qu'utilisent les soldats qui a tout déclenché. Des images des violences passées sont remontées en moi. J'avais l'impression qu'une porte allait s'ouvrir avec derrière des monstres-soldats écumant de haine et que tout recommencerait. Heureusement, à cet instant, Eve est revenue sur ses pas. Elle a passé son bras autour de mon cou et m'a chuchoté :

– C'est fini, Méto. Viens, on rentre.

J'espère qu'elle a raison, que cet endroit qui sent la mort et la souffrance appartient à tout jamais à mon passé.

CHAPITRE 9

Dans quel piège va-t-on nous jeter aujourd'hui ? Nous attendons, comme chaque matin, que quelqu'un nous prenne en charge. C'est l'énorme Chevelu de la dernière fois, une sorte de garde personnel des chefs, qui vient nous chercher. Après l'échange de la veille avec Radzel, on s'attendait à des cris. Et nous ne sommes pas déçus. Ils nous reprochent d'attiser les tensions avec les Lézards en laissant croire que nous serions soutenus par le Premier cercle, nous qui n'appartenons à aucun clan. Pourtant, une fois l'orage passé, nous découvrons qu'ils nous ont accordé tout ce que nous réclamions. Aucun de nous trois ne songe, à cet instant, à trop montrer sa satisfaction. Mais nous avons gagné.

– Nous insistons tout de même, ajoute Drazel l'Ancien, pour qu'un de nos gars vous aide dans vos recherches.

– On accepte de le prendre à l'essai. S'il nous gêne, je vous le signalerai. On peut commencer tout de suite.

– Oui, Reniglas va vous escorter jusqu'à l'entrée. Par ailleurs, Méto, vous devez absolument cesser vos provocations. Sinon, nous ne répondons plus de rien.

– Hier soir, c'est Radzel qui voulait en découdre, pas nous.

Nous partons par un souterrain étroit qui débouche, après plusieurs courbes, sur une petite salle dont les murs sont recouverts de livres. Une unique table entourée de six chaises trône au milieu. Un gars aux cheveux ras et à la barbe coupée court nous y attend. À peine sommes-nous assis devant lui qu'il nous tend un cahier rempli de chiffres. Ce sont toutes les combinaisons testées. On repère aux changements d'écriture les différentes équipes. Ils ont travaillé dans l'ordre en commençant à la fois par le début et par la fin. Ces pages couvertes de nombres impressionnent mes deux camarades.

– Je m'appelle Gouffre, commence l'homme, je crois que tu es Méto. Affre m'a parlé de toi, c'est toi qui vas t'occuper du classeur. Les autres, vous allez étudier les livres que je vous ai préparés. Essayons de garder le lieu silencieux, si l'on veut être efficaces.

J'ai un peu réfléchi à la question et je commence par écrire des suites employant tous les chiffres. Les suites ordonnées simples ayant été essayées, j'entreprends d'abord de travailler sur les chiffres pairs et impairs : 0246813579 et 1357902468, puis d'assembler les chiffres par deux pour faire 9 : 9081726354 et 0918273645. On peut également et à l'inverse proposer des combinaisons où n'est utilisé qu'un seul chiffre répété dix fois, comme 5555555555, ou seulement deux, 1212121212 ; la liste s'allonge déjà.

Notre hôte ne nous regarde pas travailler. Il lit un ouvrage dont le titre est *Histoire de l'astronomie*. Je n'ose lui demander ce que cela raconte. À écrire ainsi, je ne vois pas le temps passer. Les estomacs de mes deux compères se réveillent et se font entendre :

– On n'aurait pas sauté un repas ? demande Octavius.

– Ah, vous avez faim ? répond Gouffre. J'ai pris l'habitude de ne jamais manger le midi. La digestion me fait dormir et m'empêche de lire. Pas vous ?

Aux regards pleins d'incompréhension de mes copains, Gouffre se rend compte qu'ils ne fonctionnent pas de la même façon.

– Je vais aller voir mon ami à la cuisine. N'en profitez pas pour mettre du désordre.

Comme il semble nous y avoir invités, nous nous levons et manipulons une partie des livres. Il y a des mots qui reviennent souvent et dont je n'ai jamais entendu parler, comme « poésie », « conte », « roman ». On ne nous apprenait pas tout à la Maison, seulement ce qui pourrait nous servir pour après.

Pendant que nous mangeons la viande froide et les tomates que Gouffre a rapportées, il nous raconte l'histoire de ce lieu qu'il a agrandi lui-même à la pioche. Ces livres proviennent de la bibliothèque de la Maison qui n'est accessible qu'aux César, aux professeurs et à Jove lui-même. On y trouve ses ouvrages personnels et ceux récupérés dans les bagages des enfants à leur arrivée, ou d'autres, enfin, rapportés lors du pillage des maisons sur le continent.

– Tu étais César, avant ?

– Oui. Avant de fuir, j'avais caché un grand nombre de livres dans un endroit que je savais facile d'accès. Je pensais que ça intéresserait les habitants des grottes. Mais, quand je les leur ai montrés, ils ont cru que j'apportais du combustible pour la cuisinière. Il n'est pas bien vu de lire ou d'étudier ici. Mais grâce à mes connaissances sur la Maison et à ma capacité à trouver des informations, je leur ai rendu service quelquefois. Alors maintenant, ils me laissent vivre tranquille dans mon trou.

– Tu ne leur coûtes pas trop cher en nourriture non plus, ajoute Octavius.

– Et comment transforme-t-on un enfant normal en César ?

– Jove m'a expliqué qu'il m'avait choisi parce qu'il me trouvait intelligent et me sentait capable de persuader facilement les autres que j'avais toujours raison. Mais, dans la réalité, j'ai été sélectionné pour un motif beaucoup plus simple : j'avais le physique. J'étais de petite taille, avec un corps plutôt fluet et un visage tout en longueur, un parfait César en somme. Ma formation a duré le temps que ma barbe pousse et que j'apprenne à me raser le crâne sans me couper. Mais j'ai senti peu à peu, dans mon for intérieur, que je n'étais pas fait pour ce métier et j'ai donc très vite eu le projet de partir. J'ai joué pendant quelques années le bon élève obéissant chez les César, jusqu'au moment où on m'a fait suffisamment confiance pour que je réussisse à fuir. Vous avez devant vous un expert dans l'art de la manipulation des esprits faibles mais, rassurez-vous, je ne m'en servirai pas contre les amis d'un ami. Pas une seule fois je n'ai regretté mon départ même si, ma tête étant mise à prix, je ne sors jamais à l'air libre. Je sais presque tout sur la Maison. Malheureusement, je ne connais pas la combinaison qui nous permettra d'ouvrir ce classeur. À ce propos, Méto, on pourrait essayer tes trouvailles de la matinée.

Octavius et Claudius sont très excités à cette idée. Personnellement, je ne me fais aucune illusion sur mon travail du jour. Je le considère comme une mise en jambes avant la vraie partie. Gouffre sort de son tiroir le classeur métallique et le pose sur la table. Je les laisse essayer chacun leur tour, en vain.

– Et pourquoi, demande Octavius, tu ne pourrais pas t'y prendre comme avec les cadenas, à l'oreille ?

– Pas avec celui-là, il est différent. Vous avez aussi remarqué que l'écriture des chiffres est différente : ils sont tous formés à partir de traits droits, ce qui fait ressembler le 0 à un rectangle.

Mes amis reprennent leur lecture pendant que j'aligne des listes durant une grande partie de l'après-midi. Au moment de me lever, je rature violemment mon travail. J'espère que demain je serai plus productif.

Nous quittons notre nouvel ami pour aller dîner. Je vois tout de suite qu'aucune consigne n'a été donnée à Radzel et ses sbires puisqu'ils nous attendent pour perturber notre repas. Pas question de partir, nous devons les affronter. À peine assis, nous voyons atterrir divers morceaux de nourriture sur notre table. Certains nous visent au visage. Beaucoup rigolent de la situation et personne ne s'interpose. J'aperçois Titus et les anciens Violets qui baissent la tête. Seul Toutèche réagit mais ses compagnons le retiennent. Je prends une tranche de tomate en pleine tête. Excédé, je me lève et j'interpelle l'affreux Lézard :

– Radzel, finissons-en tous les deux. Je t'attends sur la plage dans quinze minutes pour une lutte d'homme à homme !

– Je n'ai pas le droit de me salir les mains avec un Petit qui n'est pas initié !

– Ne cherche pas d'excuses bidons pour éviter le combat ! Si tu n'as pas peur, viens te battre.

Le calme revient mais la tension n'est pas retombée. Tous les yeux sont braqués sur Radzel qui fanfaronne. Mes deux copains me dévisagent comme si j'étais fou. Je hausse les épaules en me disant que, s'il me blesse, je retrouverai la douceur de l'Entre-deux, si ce n'est pas directement la froideur de l'Autre Monde.

En attendant, je mange en respirant bien entre chaque bouchée. Au fond de moi, je pense qu'il est impossible que le Premier cercle n'essaie pas de tenter une médiation. Le temps s'écoule et le combat paraît de plus en plus inéluctable. Je me lève et me dirige vers la sortie, accompagné de mes deux fidèles. La peur m'envahit alors et je sens que je vais vomir. Radzel m'emboîte le pas, suivi par toute sa bande.

J'ai tellement de choses à faire avant de mourir et encore tellement de choses à apprendre... Un cri retentit derrière nous. Enfin. Nairgels !

– Radzel et Méto, suivez-moi !

J'ai soudain l'impression d'avoir rajeuni de quelques mois. Une convocation dans le bureau du chef... Je ne sais si mon adversaire s'en doute, mais je suis assez fort à ce jeu-là également.

Nairgels marque une pause. Cette fois-ci, je crois qu'il a besoin de réfléchir à ce qu'il va nous dire :

– Quand la situation est normale, Radzel, tu as le droit de détester Méto et même celui de le supprimer, puisqu'il n'appartient pas à la communauté. Nous nous soutenons entre frères en toutes circonstances, même dans nos pires erreurs. Mais, mon frère, aujourd'hui, le Premier cercle a décidé que Méto et ses amis devaient rester en vie, car la communauté a besoin d'eux. En revanche si, à la fin de la semaine, il ne nous a pas donné ce que nous voulons, il sera à toi, Radzel. Prends patience. C'est un ordre. Et tiens tes Lézards plus serrés...

Mon ennemi s'éloigne sans un mot. Nairgels me regarde et se force à sourire. Quand il est sûr qu'on ne peut plus l'entendre, il reprend :

– Méto, tu veux la protection de Relignas pour cette nuit ?

Je suis content qu'il s'agisse d'une question, car je vais pouvoir décliner son offre. S'il se doutait du nombre de gens que je vois en secret !

– Non merci, j'ai confiance en ton autorité. Il t'écoutera. Tu n'as pas dit ce que tu feras de nous si j'arrive à ouvrir le classeur gris. Tu nous permettras de quitter l'île ?

– Non, nos lois précisent que personne ne doit en partir. Mais disons que je fermerai les yeux.

Je comprends mieux comment il est devenu chef, celui-là. Mes amis m'attendaient devant l'entrée de la tente. Nous tombons dans les bras les uns des autres. Octavius annonce :

– Je sais que ça va vous paraître complètement déplacé, voire suicidaire, mais j'ai besoin d'aller prendre une douche. Mes démangeaisons reprennent dès que je me néglige trop longtemps.

– On va y aller, les gars, déclare Claudius, ce n'est pas parce que nous vivons dangereusement que nous ne devons pas rester propres.

Je les aime, ces deux-là. Est-ce que c'est plus fort quand on est frères pour de vrai ? Je n'arrive pas à imaginer, à cet instant, quelque chose de plus puissant que ce sentiment.

En revenant vers la salle à manger, nous apercevons Louche. Nous nous approchons pour le saluer. Il m'attire vers lui en me soufflant à l'oreille :

– Soit tu es très fort, soit tu es complètement fou !

Je sens qu'il fait tomber un paquet un peu lourd dans la poche de ma veste. Quand nous sommes à l'écart, j'en tire un chiffon blanc qui enveloppe trois petits couteaux aiguisés comme des rasoirs. Nous passons près de nos alvéoles et, discrètement tout de même, prenons nos affaires pour disparaître dans le noir. Nous croisons des Oreilles coupées que nous ne distinguons qu'à la dernière seconde. Le chemin étant étroit, nous nous frôlons. Il serait facile de nous faire trébucher ou de nous jeter en bas des rochers. Par chance, ceux que nous rencontrons n'appartiennent pas au groupe de Radzel. Ils sont indifférents, juste soucieux de respecter les écarts et de progresser dans un total silence, comme chaque fois. Une Vipère m'envoie même un sourire complice. Quand nous arrivons sur place, nous sommes seuls. Par précaution, je propose de surveiller les alentours pendant que mes copains passent en premier. Soudain, j'entends des craquements qui ne viennent pas du chemin. Une ombre s'approche de moi par les fourrés. Je lui fais face. Elle avance dans ma direction. Que faire ? Hurler pour appeler à la rescousse mes amis nus et mouillés ? Trop tard, l'ombre se tient devant moi. C'est... c'est un soldat. Je sursaute de terreur et lâche mon arme. Il chuchote, très calme :

– J'apporte un message de la part de Rémus. Il est d'accord avec tes conditions. Tu peux fixer la date. Il a confiance. Je te recontacterai.

Il se baisse, me tend mon couteau et disparaît dans la nuit. Je reste tétanisé, hagard jusqu'au retour de mes amis. Quand Octavius me touche l'épaule, c'est comme si je me réveillais. Je fonce sous la douche. Ce n'est qu'une fois de retour dans l'alvéole de Claudius et entouré de mes frères que je leur raconte enfin ma rencontre du soir.

– Alors, tu l'as vraiment fait ! déclare notre hôte comme s'il venait soudain de comprendre. Le message et le marché ! Comme tu l'avais dit... Mais j'avais pris ça pour une blague, moi !

Comme je ne peux pas leur en expliquer davantage, je préfère mettre fin à notre conversation. Je m'extirpe de sa couchette et leur lance :

– À demain, les gars. Profitons bien de la nuit, c'est...

– Peut-être la dernière, me coupe Octavius en rigolant.

– Et ça vous fait rire, en plus, ajoute Claudius, décontenancé.

Pendant qu'ils cherchent le sommeil, je verse dans ma gourde un peu de poudre récupérée à la Maison. Je redescends pour la remplir d'eau et l'apporter à Affre. Octavius m'entend et insiste pour m'accompagner. Quand nous arrivons, l'ancien monstre-soldat dort. Je lui glisse mon flacon dans une main et nous repartons.

La fin de journée a été tellement mouvementée que je ne parviens pas à me reposer avant d'aller rejoindre Eve.

Nous sommes serrés l'un contre l'autre et restons silencieux un moment, puis elle me réclame des nouvelles d'Affre.

– Tu as fait comme je t'ai dit ? Il faut commencer par une dose très faible, car parfois le corps réagit violemment à un composant du produit. Si tu en mets trop, tu peux tuer la personne. Cela s'appelle une allergie. Demain, tu regarderas s'il n'a pas de signes bizarres : plaques rouges, démangeaisons, gonflements ou autres. Si c'est bon, tu lui en donnes plus. Si cela ne marche pas, on essaie avec un autre produit. Tu vois, c'est simple.

Elle est très calme. Je n'ai plus du tout peur d'elle. Soudain, elle colle sa tête sur ma poitrine pour écouter mon cœur.

– Je faisais ça à Gilles quand il était petit. Tu l'as déjà fait, toi ?

Je lui fais signe que non. Elle s'allonge et je viens placer ma joue au-dessus de ses seins. Elle m'attire doucement contre elle. J'entends son cœur battre. Le contact avec cette partie du corps qui me fascine tant depuis que j'ai rencontré Eve me fait rougir malgré moi. J'ai la tête en feu et un frisson me parcourt le corps tout entier. Je me dégage doucement et n'ose plus la regarder pendant plusieurs secondes. Enfin, je retrouve mes esprits et lui demande :

– Tu veux bien que je continue à lire ton journal ?

– Oui, j'ai envie que tu saches tout. Je sais que tu ne me jugeras pas.

Comme la veille, elle me regarde lire, me fixant de ses yeux verts.

8 janvier 1976

Garry et moi cherchons un moyen d'embarquer sur un bateau qui part pour cette île. Ce n'est pas facile car c'est une île privée très bien gardée. Ceux qui nous emmèneront prennent un risque et veulent donc être rémunérés en conséquence. Garry essaie de négocier avec ce qu'il lui reste. Il a fait une offre et on attend la réponse.

9 janvier 1976

J'ai voulu voir à quoi ressemblaient nos passeurs. Garry m'a prêté des habits de garçon pour que je n'attire pas l'attention. Ils ont une façon agressive de s'adresser à nous. Je suis certaine que ce sont des voyous et que nous ne pouvons pas leur faire confiance. Je l'ai dit à Garry qui pense que nous n'avons plus vraiment le choix. Quand j'ai évoqué la possibilité de tout abandonner, il s'est mis à pleurer et m'a suppliée de ne pas le laisser tomber. J'ai réfléchi toute la nuit et j'ai décidé de surmonter ma peur et de le suivre. Je dois essayer de sauver mon frère et une autre occasion de le faire ne se représentera peut-être jamais. Nous allons emporter des couteaux pour nous défendre en cas de problèmes. Le départ est fixé pour la nuit prochaine. J'en veux à mes parents qui ne font rien. Ce n'est pas à leur fille de seize ans de prendre tous ces risques. Je ne reviendrai jamais chez eux.

15 janvier 1976

Je suis en vie. Je suis cachée dans une grotte habitée par un drogué qui passe beaucoup de temps à dormir. Je n'ai pas eu l'occasion d'écrire avant aujourd'hui. Je ne me suis jamais sentie aussi seule et je crois que la situation n'est pas près d'évoluer.

Je vais reprendre les événements dans l'ordre.

Nous avons pris le bateau comme prévu. Tout se passait bien quand les moteurs se sont brutalement arrêtés. Les types se sont jetés sur nous et nous ont fouillés ainsi que nos affaires pour voir si on ne cachait pas un peu d'argent. J'étais tétanisée car j'avais peur qu'ils découvrent que j'étais une fille. Comme ils ont trouvé les économies de Garry, ils n'ont pas insisté. Ensuite, ils nous ont débarqués en riant et nous souhaitant bonne chance. Bien sûr, ils n'avaient pas prévu de revenir nous chercher quarante-huit heures plus tard comme ils s'y étaient engagés.

Garry s'est calé entre deux rochers et s'est mis à sangloter doucement. J'ai grimpé dans un arbre pour essayer d'avoir une idée de la topographie de l'île. Soudain, j'ai entendu des cris. C'était Garry qui venait d'être surpris par des hommes en maraude. Je l'entendais les supplier qu'ils ne le tuent pas. Les autres lui hurlaient dans les oreilles :

– Vous étiez deux. Où est ton copain ?

– On va te crever si tu refuses de parler !

J'ai attendu qu'ils s'éloignent et je suis descendue de ma cachette. J'ai récupéré mon sac, je me suis enfoncée dans les buissons et je suis restée prostrée là pendant des heures, partagée entre l'envie de me noyer tout de suite pour échapper à ces Barbares et celle d'attendre de me faire repérer. Je me sentais incapable de réagir. Quand la nuit est tombée, je suis partie à la recherche d'un endroit pour dormir. J'ai trouvé un trou assez large dans la falaise et je m'y suis glissée. Comme il était profond, je m'y suis enfoncée. C'était un passage secret mesurant une trentaine de mètres qui menait vers une très large grotte. J'ai tout de suite compris que ce n'était pas un endroit ordinaire. Un homme jeune, curieusement déguisé, dormait à même le sol. Il y avait sur des tables un tas d'objets bizarres sculptés dans de l'os. Je me suis cachée dans un recoin. Au bout d'une heure, un gars est entré, les yeux baissés et le dos tellement courbé que sa barbe frôlait le sol. Il a posé à manger sur la table et il est reparti en silence. Il avait l'air effrayé. J'ai alors réalisé que j'étais chez une sorte de divinité. J'entendais des cris à l'extérieur de là : « Cherche ! Fouillez partout ! Trouvez-le, mort ou vif ! » La chasse à l'intrus commençait.

Celui qui était peut-être un prêtre ou un sorcier s'est réveillé et a rampé difficilement jusqu'à une table basse où il a récupéré un sac plein d'une poudre blanchâtre.

Ensuite, il est allé picorer dans son assiette avant de retourner dormir. J'ai attendu d'être certaine de son sommeil pour aller finir la nourriture. Sur une étagère, j'ai découvert sans difficulté de quoi me suicider, il suffisait de savoir lire les notices. Mais, après quelques heures à pleurer, en silence, le verre de poison à la main, j'ai décidé de différer ma fin. Je n'avais pas fait tous ces sacrifices pour rien et je devais sauver mon frère.

Les jours suivants, j'ai eu tout loisir de visiter les lieux et de comprendre l'activité de ce curieux personnage. Il passe son temps à dormir et ne sort que le visage couvert, avec des rembourrages sous son manteau pour donner l'illusion d'une stature qu'il n'a pas. Je l'ai vu, hier, soigner un homme qui avait une fracture du poignet. Le gars souffrait mais n'osait pas se plaindre. Ils ont tous une telle dévotion à son égard que ce Chamane, comme ils l'appellent, peut faire n'importe quoi sans risques. Surtout, il a institué comme règle l'interdiction formelle de le regarder sous peine de mort. Vu l'état de faiblesse dans lequel la drogue le met, on comprend pourquoi. Il se déplace péniblement et il est secoué plusieurs fois par jour de longues crises de tremblements. Il vomit plus qu'il ne mange. Je crois qu'il n'en a plus pour très longtemps.

Aujourd'hui, on lui a apporté un mort. Il a bredouillé, devant quelques brutes en larmes, des paroles dans une langue inconnue que j'ai mémorisées phonétiquement. Ensuite il a appliqué une pâte à l'odeur forte sur les yeux du cadavre.

Ce soir, j'ai pris la décision de me débarrasser de lui prochainement et de prendre sa place dès que je saurai comment il se procure les médicaments. Je n'ai aucune nouvelle de Garry.

17 janvier 1976

La nuit dernière, nous sommes entrés dans la forteresse où sont gardés les enfants. Mon frère chéri dort sans doute derrière une de ses nombreuses portes. Le Chamane avait des clés et se déplaçait à l'intérieur sans prendre trop de précautions. Je le suivais discrètement. Il était dans un tel délire qu'il ne s'est aperçu de rien. Je me demande comment ces visites sont possibles. Ce doit être un moment favorable, ou alors les gardes font semblant de ne pas l'entendre.

19 janvier 1976

Je sais tout ce que je dois savoir et je vais bientôt prendre sa place. Ensuite, je pourrai retrouver mon frère.

20 janvier 1976

Aujourd'hui, j'ai tué un homme. Au moment de le faire, j'ai bien cru que je n'y arriverais jamais. On ne devrait jamais être obligé de faire des choses pareilles à seize ans, ni après, d'ailleurs. J'ai juste ajouté du poison dans son poison. Je me rassure en me disant que j'ai seulement écourté sa vie de quelques semaines car son état empirait chaque jour, mais je n'en avais pas le droit. J'ai caché le cadavre dans un coin. Je ne sais pas encore comment le faire disparaître.

24 janvier 1976

J'ai effectué aujourd'hui ma première sortie. J'ai constaté que la règle était bien appliquée : personne ne cherche à croiser mon regard. Les brutes ne rentrent que si je les y autorise, et à horaires fixes, pour les repas. Ce soir, j'ai eu mon premier malade à traiter. Une forte fièvre. Il a survécu. Je passe beaucoup de temps à lire le livre de médecine d'urgence. Je me demande où mon prédécesseur l'avait déniché.

27 janvier 1976

J'ai traîné le cadavre du Chamane au bord de l'eau cette nuit. J'espère que la marée va m'en débarrasser.

30 janvier 1976

Ce matin, on m'a déposé le corps inanimé d'un jeune homme. J'ai mis un certain temps à reconnaître Garry. Il a été torturé. Dans de brefs moments d'éveil, il gei-

gnait doucement. Je lui ai donné une forte dose de somnifère. Je suis restée près de lui à le regarder dormir. Il est mort dans l'après-midi. Je sais à quoi m'attendre si ces Barbares me démasquent.

Sur les autres pages de son journal, elle raconte, au fil des jours, sa découverte de l'univers des Oreilles coupées, qu'elle gratifie de nouveaux surnoms, comme les Puants ou les Sauvages. Elle décrit leur organisation hiérarchique, leurs règles brutales. Elle évoque son impuissance face à la mort de certains mais aussi ses meurtres quand elle croit son secret en passe d'être découvert. Elle y fait part également de son découragement, car ses recherches n'avancent pas, et ses visites régulières dans le dortoir des enfants n'aboutissent à rien. Elle s'en prend à la Terre entière : à ses parents, aux Chevelus qui la confinent dans ce rôle stupide de Chamane, à certaines portes de la Maison qu'elle n'arrive pas à ouvrir et derrière lesquelles son frère attend peut-être en pleurant. Le journal continue sur des dizaines de pages. Les cahiers suivants sont plus techniques ; elle y détaille surtout ce qu'elle apprend en soignant les autres. Je trouve peu d'indications sur sa vie personnelle, qu'elle considère comme monotone et « mortifère ». Elle m'a interdit de lire le dernier cahier, sans doute parce qu'elle y parle de moi.

Quand je relève la tête, je m'aperçois que la nuit est déjà bien avancée. Eve dort. Je la regarde un peu avant de me décider à quitter son refuge.

CHAPITRE
10

Ce matin, ma première pensée est pour Affre. Je l'ai peut-être empoisonné en voulant le guérir. Je le secoue doucement. Il ouvre les yeux.

– Tu as vu que je t'avais rapporté de l'eau ?

– Oui, elle a un goût inhabituel. J'ai même pensé qu'on voulait me supprimer... Il paraît que c'est très courant en ce moment.

– Les nouvelles vont vite.

– Je dors à côté d'un Lézard très important qui parle pendant son sommeil. Quand je suis réveillé la nuit, c'est parfois instructif.

– Je t'ai rapporté une gourde d'eau fraîche.

– Je la boirai entièrement et je penserai à toi.

Quand je retrouve mes amis, ils me reprochent mon imprudence.

– On avait dit qu'on ne se quitterait plus, insiste Octavius.

– C'est plus fort que lui, il se croit invincible, conclut Claudius.

– Vous avez raison, les gars, je ne recommencerai plus.

Par mesure de sécurité, l'énorme Relignas nous escorte jusqu'à la salle d'étude. Nous prendrons notre petit déjeuner sur place et il passera régulièrement voir si tout va bien. Sous couvert de protection, nous serons davantage surveillés. Nous devons aussi nous habituer à vivre à l'écart des autres, mais c'est pour nous un soulagement.

Je retrouve mon cahier et mes écritures ainsi que l'ancien César, déjà installé avec un nouveau livre. Mes copains découvrent aujourd'hui des ouvrages sur les balises, les phares et l'usage des instruments d'orientation.

Aujourd'hui, je pars d'une nouvelle hypothèse : Jove n'aurait utilisé que neuf chiffres en répétant une fois le même. Le nombre 9 offre une nouvelle possibilité : remplir un carré de neuf cases. On place les chiffres dans l'ordre croissant et on peut tracer un parcours en les reliant entre eux. On peut ainsi expérimenter différents dessins : des formes géométriques, des signes, des lettres qui s'inscrivent dans un carré. Si je passe deux fois sur le même nombre, je l'écris deux fois, par exemple 7536895124. On peut choisir que le point d'arrivée soit le même que le point de départ, tel un serpent qui se mord la queue, comme 1523698741.

Quand les possibilités d'un carré sont épuisées, on peut bouleverser l'ordre des chiffres dans les cases. Je me souviens avoir trouvé les numéros des caches d'armes en faisant varier cette figure et en sélectionnant seulement les cinq premiers chiffres. Les quatre coins du carré étaient occupés par les chiffres 1, 2, 3 et 4, les autres cases vides par le chiffre 0. On effectuait alors la lecture à partir du coin gauche en tournant dans le sens des aiguilles d'une montre : 102, 203, 304, 401.

Je couvre ainsi de combinaisons des pages entières du cahier avant de me décider à faire une pause pour manger. Nous en profitons pour interroger Gouffre sur la vie des César. C'est un gars qui aime raconter.

– Dans notre formation, précise-t-il, on nous obligeait à prendre des décisions parfaitement illogiques et à les imposer aux enfants avec une courte argumentation. Les autres observaient notre visage qui devait rester absolument impassible. On devait également, sans sourciller, se montrer totalement injustes, considérer avec dédain les pleurs et la douleur qu'on pouvait provoquer. Le soir, quand on se rappelait nos « exploits », il était de bon ton d'en rire. J'essaie de me persuader, depuis mon évasion, que je n'ai jamais pris de plaisir à ces jeux et que j'étais différent. Mais je suis sûr que, si j'étais resté, je serais vraiment devenu comme eux, un monstre froid et cruel, bien pire que les soldats qui exécutent les ordres par crainte ou parce qu'on leur a gommé tous repères moraux. Certains de mes condisciples éprouvaient une forme de jouissance à cet exercice du pouvoir et étaient toujours prêts à aller plus loin. Jove les encourageait dans cette voie... Affre vous a expliqué ce qu'on faisait à ceux qui étaient trop tendres. Comme vous le comprenez, je suis un miraculé.

– Mais tu ne t'amusais jamais ? interroge Octavius.

– De rares fois, quand on a reçu nos chaussures aux semelles de feutre par exemple, celles qui te permettent de te déplacer sans bruit. On s'amusait entre collègues à se faire sursauter.

– Mais, aujourd'hui, cette vie solitaire de prisonnier doit te peser ? intervient Claudius.

– C'est vrai que j'avais imaginé mon séjour chez les Oreilles coupées comme un passage avant de retrouver le continent, mais j'avais tout faux. Ici, personne ne peut ou ne veut partir. J'espère que vous serez l'exception. Ce qui m'a sauvé, ce sont les livres. J'apprends et je m'ouvre l'esprit en les lisant chaque jour. Certains permettent même de vivre d'autres vies le temps de leur lecture. Tenez, celui-là est magique, par exemple.

Il brandit un gros volume à la couverture rouge et or dont je n'arrive pas à déchiffrer le titre.

– Peut-être un jour, ajoute-t-il, trouverez-vous le temps de penser à autre chose qu'à votre survie.

Cette dernière remarque me rappelle que je dois rencontrer Nairgels pour lui parler de la partie d'inche. Je m'attends à des résistances, voire à un refus. Pendant que mes amis, comme la veille, testent mes hypothèses, j'essaie de mon côté de construire mes arguments.

Avertis de ma demande d'audience par Relignas, trois membres du Premier cercle ont choisi, sans doute par souci de discrétion, de venir eux-mêmes nous voir. Ils s'installent autour de notre table et font comprendre à Gouffre, d'un seul regard, qu'il est de trop chez lui.

– Vous avez réussi à ouvrir le classeur infernal ? commence Nairgels, ironique. Non, vous avez encore fait une bêtise qui va mettre en péril la communauté. Je me trompe ?

– Je vais vous expliquer, dis-je simplement, et vous jugerez ensuite. Hier soir, je surveillais la douche de mes amis lorsque j'ai entendu un gars qui marchait vers moi : c'était un soldat de la Maison. Il venait me délivrer un message de la part de Rémus.

– Et par le plus grand des hasards, me coupe un Lézard que je ne connais pas, c'est justement à toi personnellement qu'il s'adresse...

– Si tu me laisses finir, tu comprendras pourquoi.

– Laisse-le parler, lance Nairgels.

– Le message était le suivant : *Méto, tu m'as promis une partie d'inche avant de partir. Je sais, par Marcus, que tu n'es plus blessé. Il serait temps que tu tiennes ta parole.* C'est vrai qu'il y a quelques mois, pour calmer une de ses crises, je lui ai fait cette promesse, mais j'espérais être parti avant la date fixée. Le soldat m'a demandé une réponse tout de suite. Je lui ai dit que je n'avais rien à gagner dans cette histoire. Il m'a répondu que ce n'était pas la réponse attendue et là je l'ai senti menaçant. Il a ajouté que je pouvais, en revanche, fixer des conditions. Alors je lui ai proposé ceci : la libération de Marcus si on gagnait. « Et si tu perds ? » a-t-il lancé. Je ne savais pas quoi proposer, à part moi. Alors j'ai déclaré que je me livrerais à la Maison en cas de défaite. Il est parti. Voilà. Bien entendu, ce que j'ai dit n'engage que moi. Ici je ne suis rien, vous me l'avez souvent précisé. On peut donc oublier tout ça, cela sera sans aucune conséquence pour vous. J'ai même hésité à venir vous parler de cette idée tout droit sortie du cerveau d'un enfant malade et violent. Mais je me suis dit que vous deviez juger par vous-mêmes si vous ne pouviez pas trouver un intérêt à accepter.

Ils se lèvent dans un même mouvement et quittent la pièce sans un mot. Mes copains esquissent un sourire.

– Comme ça, elle est beaucoup mieux, ton histoire, Méto, plaisante Octavius à voix basse.

En revenant, Gouffre est bousculé par un des Chevelus qui a fait demi-tour et qui agite un doigt menaçant devant nous.

– Vous trois ! Interdiction formelle de quitter la grotte, les Chouettes auront pour consigne de vous abattre si vous traînez à l'extérieur. Compris ?

À part attendre, nous ne pouvons plus rien faire. Comment allons-nous, par exemple, connaître l'horaire du bateau qui nous permettra peut-être de partir ? Je n'ose interroger Toutèche, car j'ai peur de le mettre en porte-à-faux par rapport à son clan. Me croira-t-il quand je lui expliquerai que même leur chef est prêt à consentir à notre départ, enfreignant ainsi une de leurs lois fondamentales stipulant qu'on ne doit jamais quitter l'île ?

Nous voyons avec plaisir Affre entrer dans notre refuge. Il serre Gouffre dans ses bras et s'assoit.

– Méto, je vais beaucoup mieux grâce à ton traitement. Je crois deviner où tu l'as déniché...

– On ne peut rien te cacher, lui dis-je en lui tendant la boîte. Prends le reste et respecte les dosages.

– Tu as pris beaucoup de risques pour moi. Comme je vais mieux et que je sais que vous êtes bloqués ici, j'ai cherché les informations qui vous manquaient pour votre petit voyage. D'abord, les horaires du bateau. Il accostera dans trois jours à 18 heures. Le déchargement dure environ deux heures, ensuite les hommes du continent prennent une heure pour se restaurer avant de repartir. Il y a deux gardes armés en permanence devant le bateau, mais personne à l'intérieur. Il faut donc, entre 20 et 21 heures, grimper sur le bateau en passant par la mer, neutraliser sans bruit les gardiens et partir direction est-sud-est. Et espérer très fort. Je crains que le danger ne vienne plutôt de nos amis Oreilles coupées.

– Nairgels m'a promis de fermer les yeux... si je trouve la combinaison du classeur gris, ce qui n'est pas gagné.

– Je suis surpris par cette largesse. Je crois qu'il veut se débarrasser de vous à tout prix. Vous devrez quand même vous méfier. Il faut vous attendre à devoir tirer sur eux s'ils s'interposent, peut-être même sur Titus.

Relignas nous livre notre repas du soir. Il reste de longues minutes à nous fixer. Avons-nous à ce point des visages de comploteurs ?

Je ne sais pas si c'est le manque d'activité physique, mais j'ai du mal à me reposer. J'ai le sentiment d'avoir été bien présomptueux et d'avoir promis des succès qui, dans la réalité, relèvent tous du miracle. Il y a peu de chances que le match d'inche soit autorisé et, s'il l'était, qu'on puisse le gagner. Je doute aussi de réussir mieux que les autres à ouvrir le classeur gris. N'ai-je pas dans le passé réussi seulement par chance ou par hasard ? Il ne me reste que soixante-douze heures pour trouver. Sans les renseignements concernant nos véritables identités, comment pourrons-nous faire nos recherches, une fois arrivés sur le continent ?

Je vais retrouver Eve. Ce soir, elle arbore un visage dur, comme si elle voulait se protéger à l'avance d'une nouvelle épreuve et avait décidé de renoncer à notre relation. J'ai l'impression de pouvoir lire en elle les questions qu'elle se pose : « Pourquoi es-tu venu ? Tu as encore besoin de moi ? Tu crois que je te laisserai m'abandonner ? »

– Bonsoir, Eve.

– Tu es venu me dire adieu, c'est ça ?

– Non, pas du tout.

Je veux lui prendre les mains mais elle refuse. Je décide de tout lui raconter de nos projets sans rien omettre des dangers qui pèsent sur nous. Je lui explique que je saurai bientôt si son frère est encore sur l'île et que, si c'est le cas, on le récupérera avant de partir. S'il se trouve ailleurs, je le chercherai à ses côtés jusqu'au bout du continent. Je lui chuchote qu'elle est mon amie maintenant et que je n'imagine pas quitter l'île sans elle, en la laissant sous la menace de ces Barbares. Je la prends dans mes bras. Elle se laisse faire mais reste figée comme si elle refusait de croire à ce morceau d'espoir. Quand je me détache d'elle, Eve me regarde m'éloigner sans m'adresser le moindre signe amical.

À peine réveillés, Relignas nous conduit dans la salle d'étude où attendent les six membres du Premier cercle, assis à nos places.

– Nous avons réuni cette nuit le Premier et le Deuxième Cercles et avons décidé d'accepter cette partie absurde, dans le seul but de récupérer le corps de Nardre. Ils devront nous le livrer avant le match en signe de bonne volonté. Nous ne voulons pas que son retour soit conditionné par votre victoire à laquelle nous ne croyons pas. Tu ne pourras aligner dans ton équipe que des hors-cercle. Titus ne pourra donc pas participer. Pour le reste de l'organisation, tu t'en occupes et tu nous en réfères.

– Il faudra donc que nous soyons autorisés à prendre une douche en début de soirée pour aller à la rencontre du soldat, précise Claudius.

– Entendu. Je vous rappelle aussi que, au cas où vous réussiriez à ouvrir le classeur, vous n'êtes pas autorisés à le lire. Vous devez nous le faire savoir immédiatement.

– J'avais compris, dis-je.

À peine sont-ils sortis que je reprends ma phrase :

– J'avais compris qu'il faudrait vous mentir encore une fois.

Mes copains rigolent de bon cœur. Octavius s'interrompt, comme s'il venait de se rendre compte des conséquences de leur décision.

– D'abord, il va falloir recruter trois gars suicidaires, et je ne sais pas où on va les trouver. Ensuite, il serait préférable de créer pour l'occasion une ouverture inédite, si on veut avoir une petite chance de gagner.

– Vous vous y mettez tous les deux, moi je m'occupe du classeur.

Gouffre est revenu. Il me frôle les épaules pour signaler sa présence sans trop nous déranger puis s'installe pour lire.

J'ai repris mon cahier depuis une heure et j'aligne des combinaisons avec trois chiffres : 7, 3 et 0, en faisant varier leur nombre, par exemple quatre fois le chiffre 7 et le chiffre 3, et deux fois le chiffre 0.

3773037730

7730330377

077...

Et puis quoi ? Tout cela ne mène à rien. Je jette violemment le cahier qui traverse la table et va s'échouer aux pieds de Gouffre. En gardant les yeux braqués sur son livre, il envoie sa main gauche chercher à tâtons mon travail et me le tend sans un regard. Je le pose machinalement devant moi. Je dois me calmer et penser au but que je poursuis. Je ferme les yeux. Eve, Marcus, Claudius et Octavius, tous ceux que j'aime rêvent de connaître ce qu'il renferme : peut-être des informations sur notre vraie identité, le lieu où on vivait... Je le sais bien pourtant, mais je me le répète pour m'apaiser. Je dois essayer jusqu'au bout, ne pas baisser les bras. Après plusieurs minutes, j'incline la tête et contemple mon cahier qui est posé à l'envers. Et là, je m'arrête sur une des lignes : 5705705705. Je déchiffre SOLSOLSOLS. Je peux lire des lettres lorsque les chiffres sont à l'envers ! Et si c'était la solution ? Un message tout simple, un nom fabriqué avec des chiffres ? C'est donc ça que cachait cette étrange manière d'écrire les nombres !

Je saisis le classeur, compose les dix chiffres dans l'ordre puis je le retourne.

À l'envers, le 3 ressemble à un E, le 7 à un L, le 4 peut passer pour un h et le 5 est proche du S. 0, 8 et 1 forment respectivement un O, un B et un I dans les deux sens. Je dois donc chercher à créer un mot ou une suite de mots qui comporte en tout dix lettres et utilise B, E, I, h, L, O, et S. Je n'ai plus qu'à manipuler ces sept lettres dans tous les sens.

SOLEIL, BILLE, BOIS, SOIE ou SOIS. SOISBELLE : sois belle, mais il manque une lettre. BELLEBILLE : belle bille... mais quel rapport avec la Maison ?

BOSSEBOSSE ou OBEISOBEIS ou en mélangeant les deux : BOSSEOBEIS ; on doit se rapprocher de la solution.

Jove a dû trouver des mots plus en rapport avec lui, sa famille, la Maison ou l'île. Comment s'appelle cet endroit, déjà ? Je l'ai lu dans le journal d'Eve. Elle en citait plusieurs, Denfar, Esbee... Hélios. HELIOS ! Hélios comporte les bonnes lettres, mais par quoi le compléter ? Peut-être... île ? C'est ça, je compose ILEHELIOS : SOI⅃ƎHƎ⅃I.

Je prends une profonde inspiration. Non, ça ne marche pas, il n'y a que neuf lettres. J'ai pourtant la conviction que je touche au but. Je vais souffler un moment et reprendrai un peu plus tard. Je ferme mon cahier et, en levant les yeux, je me rends compte que mes amis sont hilares. J'étais tellement pris dans mes conjectures que je ne me suis pas aperçu qu'ils ont l'air de bien s'amuser.

– On fait trop de bruit, c'est ça ? demande Octavius. On sort tout ce qui nous traverse l'esprit pour trouver une ouverture vraiment inédite, alors forcément on dit beaucoup de bêtises. Et toi, ça avance ?

– Je vous le dirai quand je serai vraiment sûr.

Gouffre revient à point nommé pour nous apporter nos sandwichs. À peine sommes-nous installés pour manger qu'Octavius se tourne vers notre hôte.

– Comment as-tu fait pour t'enfuir ? demande-t-il.

– J'ai préparé mon coup très longtemps à l'avance. D'abord, je voulais m'assurer que je serais bien reçu chez les Oreilles coupées. J'ai réussi plusieurs nuits de suite à sortir de la Maison sans me faire repérer. J'ai rencontré leur chef d'alors, qui s'appelait Noucaf. Nous avons beaucoup discuté. Il voulait vérifier que je n'étais pas un espion qui cherchait à s'infiltrer. Il m'a demandé d'apporter un cadeau d'arrivée. Il connaissait l'existence d'un classeur gris qui renfermait des renseignements importants. À l'époque, je l'ai cherché des jours durant, mais en vain. J'ai commencé, à cause de cette quête, à éveiller les soupçons et j'ai senti qu'on allait me percer à jour. De leur côté, les Oreilles coupées ne voulaient pas céder sur leur condition. J'ai fini par être découvert et on m'a alors fait subir des séances de torture destinées à me faire avouer mes intentions. Bien entraîné à dissimuler, je ne me suis pas trahi mais j'en ai gardé un tympan endommagé. J'ai finalement réussi à m'enfuir. Mais les gars des grottes ont longtemps fait peser sur moi la menace de me rendre à Jove car ils me jugeaient inutile et diminué. J'ai pu leur prouver le contraire à plusieurs occasions.

Nous ne posons pas d'autres questions, car nous sentons que ces souvenirs lui sont pénibles à raconter. Mes copains me proposent un schéma d'ouverture pour l'inche. La boule sera coincée en sandwich entre le dos du meneur et le ventre du lanceur qui se cramponnera fermement de tous ses membres à son partenaire. Les autres joueurs les encadreront pour nettoyer ceux qui essaieraient de les décoller. Octavius explique que, s'il ferme bien ses mains, nos adversaires ne pourront pas tenter de lui casser les doigts. Il lui suffira de tenir la position trois ou quatre minutes. L'originalité, c'est qu'on jouera sans placeur. Mon rôle consistera à faire en sorte de neutraliser Rémus. Mes copains espèrent qu'il évitera de tuer celui qu'il considère comme son seul ami.

Le soir, nous demandons à Relignas de bien vouloir amener nos compagnons d'évasion pour organiser notre recrutement. Curieusement, quand il revient, il n'est accompagné que de trois Violets qui se disent volontaires : Flavius, Démétrius et Brutus. J'ai du mal à croire aux miracles et je décide de les interroger :

– Pourquoi voulez-vous nous rendre service ? Cela fait bien longtemps que vous ne nous adressez plus la parole.

– Le jeu nous manque, déclare Flavius. Et puis ça nous plaît de jouer avec des grands qui ont inventé des ouvertures. On etait parmi les meilleurs chez les Violets et on veut montrer à ceux de la Maison qu'on est encore des champions de ce sport.

Octavius et Claudius semblent convaincus par leurs raisons et nous leur donnons rendez-vous sur la plage le lendemain à 17 heures pour s'entraîner et répéter notre tactique.

Affre passe aux nouvelles un peu plus tard. Le traitement semble lui faire du bien car il marche sans boiter. Il me dit qu'il réfléchit à l'évasion, avec la complicité de Louche. Ils nous en parleront après l'inche et quand j'aurai réussi à ouvrir le classeur. Il fait comme si tout cela n'était qu'une simple question de temps. Je crois qu'il ne veut pas nous décourager.

Nous nous rendons à la douche. Comme prévu, dès que nous y sommes seuls, le messager apparaît. Quand je lui fais part de l'exigence ajoutée par les Oreilles coupées, il sourit et répond qu'il me suffira de placer dans la balance mes deux compères, qui devront retourner à la Maison avec moi si nous perdons. Octavius et Claudius hochent la tête sans hésiter. Je fixe le match à 18 heures le surlendemain. Il précise, avant de partir, qu'une escorte de six soldats sera sur place pour protéger leurs joueurs et qu'en face ils ne veulent pas en trouver plus. En cas de guet-apens, Jove a précisé que tous ses soldats seront prêts à intervenir en quelques minutes et auront pour consigne de tuer. Le soldat repart sans se retourner.

– Merci les gars, dis-je, très ému.

– Nous sommes amis, répond Claudius, et notre sort est lié depuis déjà longtemps.

Je passe voir Eve au milieu de la nuit. Elle se réveille à peine quand je m'allonge à ses côtés. Nous restons ainsi presque une heure sans parler. Elle me serre la main. Quand elle se rendort et relâche sa pression, je me dégage et retourne dans mon alvéole. Demain, il faudra qu'on envisage ensemble tous les scénarios, qu'elle comprenne bien que je n'imagine pas l'abandonner. J'ai eu une idée près d'elle pour le code : LILEHELIOS. C'est l'article qui manquait. Je m'endors épuisé.

Ce matin, à peine arrivé dans la salle d'étude, je saisis le classeur gris et aligne les chiffres de ma combinaison. Cela ne s'ouvre pas, j'essaie à l'envers, sans résultat. Je décide d'expliquer aux autres ma théorie. Ils semblent impressionnés, surtout Gouffre qui en lâche son livre :

– Hélios, tu connais le nom de l'île, Méto ! Tu reçois tes informations de l'Autre Monde ?

Je souris pour toute réponse. J'ai eu envie de répondre « presque » mais je me suis ravisé, il aurait pu comprendre que je tenais mes renseignements de l'Entre-deux. Mes copains sont excités et peinent à se concentrer. Ils gribouillent chacun de leur côté, à la recherche d'une solution. Gouffre se replonge dans sa lecture.

– Je ne sais pas si je suis le seul dans ce cas, intervient Octavius, mais je peux lire mes 2 dans les deux sens. Alors, ça pourrait être : ILE2HELIOS. Ce serait un peu comme un jeu de mots, « deux » à la place de « de ».

– Je crois que tu es génial, dis-je.

Nous testons l'hypothèse sur-le-champ : 5017342371, puis dans l'autre sens : 1732437105, mais ça ne fonctionne pas.

– Et tu es sûr de l'orthographe du nom ? Hélios n'aurait pas deux L par exemple ?

– Non, je l'ai vu écrit et j'en suis sûr.

– Sur les cartes anciennes, précise soudain Gouffre en gardant les yeux sur sa lecture, on trouve parfois « île » écrit sans l'accent circonflexe, avec un s avant le l.

Sans attendre, je reprends la manipulation en suivant sa suggestion : ISLEHELIOS, soit 5017343751. Et... ça s'ouvre ! Nous nous regardons tous les quatre. Une vague de chaleur afflue soudain en moi. Je soulève délicatement la couverture de métal du classeur et j'observe la première page. Elle se présente sous la forme d'un tableau avec un titre au-dessus de chaque colonne. Je lis à haute voix, de gauche à droite :

– *Nom, prénom, date de naissance, fratrie, adresse, nouveau nom et date d'arrivée.*

Gouffre suggère que l'un d'entre nous fasse le guet dans le couloir.

– Si vous prenez des notes, apprenez-les par cœur et faites-les disparaître. On est en train de jouer nos vies.

Octavius se dévoue après avoir hésité. Nous parcourons la dernière colonne à la recherche de nos noms. Au bout de la sixième page, c'est l'ancien César qui réagit :

– Là, Philippus, c'était moi ! Je m'appelle Alain C., j'ai vingt et un ans aujourd'hui. Fratrie : 3/3, je suis le troisième et dernier enfant de la famille, et j'habitais Zone 17. E189. EO ! Là, Sextus, c'était Affre ! Il faut recopier les informations pour lui.

C'est au tour de Claudius de découvrir qu'il s'appelle Richard et est l'aîné d'une famille de deux enfants. Octavius, qui trépigne à la porte, s'appelle Jacques et a un frère ou une sœur, Marcus se prénomme en réalité Olivier, mais ça, on le savait déjà. Il est le dernier d'une fratrie de trois. Je découvre que, à la différence des autres, on n'a pas changé mon prénom : je m'appelle Méto M. et j'ai un petit frère ou une petite sœur. Nous recopions tous fébrilement nos lignes respectives, plus celles de Marcus, d'Octavius et d'Affre. Claudius voudrait que je remette tout en place au plus vite, avant que quelqu'un ne nous surprenne.

– Laissez-moi encore une dizaine de minutes, je vais juste parcourir la fin de la liste pour voir si je ne remarque rien de particulier.

Je ne peux pas leur dire que je cherche Gilles, le frère d'Eve. Je m'y reprends plusieurs fois. Il est introuvable. Mes copains s'impatientent. Je referme le classeur et le range soigneusement. Je déclare avec fermeté :

– Pas un mot au Premier cercle avant la fin de l'inche ! On est tous d'accord.

Incapables de penser à autre chose qu'à ce que nous venons d'apprendre, nous restons silencieux et immobiles le reste de l'après-midi. Nous savourons notre réussite.

À 17 heures, nous retrouvons sur la plage les autres membres de l'équipe. Nous enfilons avec un plaisir certain notre équipement. Après un échauffement musculaire très complet, mené par notre capitaine, Claudius, nous organisons une courte partie à trois contre trois pour tester la résistance des Violets volontaires. Ils nous surprennent agréablement par leur agressivité. On pourra peut-être le gagner, ce match, après tout. Nous essayons l'ouverture dite de la « grosse bête » ; malgré mon acharnement et celui de mes trois coéquipiers, nous ne parvenons pas, au cours des trois essais, à décoller Octavius de Claudius. Nous sommes euphoriques et allons plonger dans l'océan pour rincer notre sueur. Nous chahutons en nous faisant des chatouilles. Octavius et les trois petits hurlent de rire.

Affre nous rejoint sur la plage. Je m'isole avec lui pour lui faire part de la grande nouvelle. Je lui récite ce que j'ai lu sur lui.

– Je te remercie, Méto, mais pour moi c'est trop tard et puis je n'aime pas mon prénom. Le vrai, c'est celui que je me suis choisi.

Quand je pénètre dans l'Entre-deux, je suis très ému ; Eve le sent tout de suite. Et comme si j'étais contagieux, je vois son visage qui devient plus grave. Je lui révèle sans attendre que son frère n'a jamais vécu sur cette île. Je m'attendais à ce qu'elle explose en sanglots, après tous les sacrifices qu'elle a endurés pour rien, mais elle semblait s'y attendre car sa voix est maîtrisée :

– Je m'en doutais, depuis quelques mois déjà. Au moins, maintenant, je sais. Je crois que Garry se sentait incapable de s'engager tout seul et qu'il m'a menti pour que je l'accompagne. Mon frère est peut-être parti pour un endroit moins dur.

Je lui donne tous les renseignements obtenus par Affre sur les horaires et le lieu de l'embarquement, au cas où elle aurait à s'enfuir seule, car nous devons envisager l'hypothèse de la défaite à l'inche.

– Je ne sais pas, dit-elle calmement, si je trouverai le courage de m'évader sans vous.

– Sache que, quelle que soit ta décision, je ferai tout pour te retrouver. Je ne t'abandonnerai jamais.

– Quand je vois à quel point tu es fidèle à Marcus, je me dis que je peux compter sur toi. Maintenant, laisse-moi et retourne avec tes frères. Repose-toi bien pour être en forme demain. À bientôt, Méto.

– À bientôt, Eve

Malgré son conseil, je ne trouve le sommeil qu'aux premières heures du jour. Le réveil est douloureux. Mes amis n'ont pas l'air très en forme non plus. Nous regagnons directement notre refuge où nous passons la journée à cogiter chacun de son côté. Nous avons tous les trois des difficultés à manger. Nous nous forçons sous la pression de Gouffre, qui nous a apporté un plateau spécialement préparé par Louche en vue de la compétition. Il y a un petit mot caché sous une assiette. *À demain ou à plus tard. Je crois en vous. L.*

À 17 heures, nous nous rendons sur le terrain en tenue. Nous croisons trois Renards portant au-dessus de leur tête un corps enveloppé dans un linge blanc. Des serviteurs de la Maison ont déjà investi les lieux et délimité le terrain. Deux panneaux de bois, percés d'une niche, ont été installés à chaque extrémité. Une ficelle rouge est tendue à une vingtaine de centimètres de hauteur pour marquer les limites latérales. Nous découvrons l'équipe adverse qu'on pourrait surnommer « Rémus et les traîtres », car sont présents Paulus, l'ancien protégé de Claudius, Julius, Publius et Crassus, qui est remplaçant. Je reconnais aussi Mamercus, qui avait disparu avec Numérius avant l'attaque et qu'on croyait mort. Quand je lui souris, il évite mon regard, sans doute pour me signifier qu'il n'est pas libre de parler. Rémus s'approche, me prend dans ses bras et déclare, visiblement ravi :

– Je savais que je pouvais compter sur toi.

– Salut, Rémus, dis-je, un peu mal à l'aise.

Nous nous échauffons ensemble en suivant les indications du fils de Jove. Radzel et quelques Lézards sont venus assister au spectacle. Si ce n'était les deux rangées composées de soldats d'un côté et de Sangliers de l'autre, nous pourrions nous croire revenus quelques mois en arrière.

Les équipes se mettent en place. La boule est jetée au-dessus des deux capitaines. C'est Rémus qui s'étire le plus et intercepte la balle. Ils vont donc engager. Nous surveillons leurs mouvements pour anticiper l'ouverture qu'ils ont choisie. C'est une classique, l'Atticus 2.1 : on pouvait s'y attendre car c'est la préférée de leur capitaine. Les deux transperceurs se placent devant le meneur et se jettent tête la première sur les adversaires, le second venant s'aplatir sur le premier. Le meneur fait de même et se propulse en avant pour rouler jusqu'à la cible. Si les transperceurs « travaillent bien », au moins deux ennemis seront assommés avant l'entrée en action de Rémus. Il me revient en mémoire une parade que nous n'avons jamais essayée. Julius se lance et met KO deux des Petits qui complètent notre équipe. Avant même que le deuxième ne s'aplatisse à son tour, je me jette au cou de Rémus et lui subtilise la boule. Je la transmets à Octavius qui saute sur le dos de Claudius pour lancer la « grosse bête ». Rémus, vexé, rentre tête la première dans les côtes de notre meneur, qui lâche un cri terrible mais continue à avancer. Je me faufile jusqu'à Rémus pour tenter de l'immobiliser. Je prends un terrible coup dans la mâchoire, mais je me cramponne. J'ai le temps de surprendre un échange de regards entre Paulus et Radzel. Ce dernier fait semblant de se gratter sous le bras. Paulus passe derrière Octavius et glisse ses doigts au niveau des aisselles pour le chatouiller. Je l'entends souffler puis hurler quand il se redresse. Les autres ont récupéré la boule. Enfin, je crois car c'est le trou noir.

Je suis assis sur une chaise, les mains ligotées dans le dos, dans une pièce peu éclairée. J'entends parler doucement. Je me sens observé. Je soulève difficilement les paupières. Quatre ombres me font face. Et puis c'est comme si le brouillard se dissipait. Je distingue à quelques mètres de moi, assis derrière une longue table, deux César et un homme aux cheveux blancs tirés en arrière qui esquisse un geste pour obtenir le silence.

– Bonsoir, Méto, bienvenue à la Maison.

À suivre...

Du même auteur

Aux éditions Syros :

C'était mon oncle !, coll. « Tempo », 2006

Jacquot et le grand-père indigne, coll. « Tempo », 2007

Méto, tome 1 : « La Maison », 2008

Prix des Collégiens du Doubs 2008
Prix Tam-Tam Je Bouquine 2008
Prix jeunesse de la ville d'Orly 2009
Prix Enfantaisie 2009 (Suisse)
Prix Ruralivres en Pas-de-Calais 2008/2009
Le Roseau d'or 2009 (44)
Prix Gragnotte 2009 de la ville de Narbonne
Prix Chasseurs d'histoires 2009 de la ville de Bagneux
Prix des Dévoreurs de livres 2010 (27)
Prix Frissons du Vercors 2010
Prix Bouqu'en Stock 2010 (académie de Rouen)
Prix des lecteurs ados de Concarneau et Quimperlé 2010
Prix Adolises Montélimar 2011

Méto, tome 3 : « Le Monde », 2010

Seuls dans la ville entre 9 h et 10 h 30, 2011

Prix littéraire des collégiens du Bessin Bocage 2012
Prix AdoLire 2012
Prix Latulu 2012 (Maine-et-Loire)
Prix Gragnotte 2012 (Narbonne)
Prix des collégiens d'Issoire 2012
Prix Passez la 5e 2012 (Val-d'Oise)

L'École est finie, « Mini Syros », 2012

Nox, tome 1 : « Ici-bas », 2012

Nox, tome 2 : « Ailleurs », 2013

Chez d'autres éditeurs :

Mon premier rôle, Nathan, 2004

Comme les cinq doigts du pied, Nathan, 2005

L'auteur

Yves Grevet est né en 1961 à Paris. Il est marié et père de trois enfants. Il habite dans la banlieue est de Paris, où il enseigne en classe de CM2.

Il est l'auteur de romans ancrés dans la réalité sociale. Ses sujets de prédilection sont les liens familiaux, la solidarité, la résistance à l'oppression, l'apprentissage de la liberté et de l'autonomie.

Il s'essaie à tous les genres. En 2008, il se lance dans le grand roman d'aventure avec *Méto*, une trilogie de science-fiction qui a obtenu 13 prix littéraires à ce jour. Suivront un roman d'enquête, *Seuls dans la ville entre 9 h et 10 h 30*, et un court roman de politique-fiction, *L'école est finie*. En 2012, Yves Grevet renoue avec le genre de l'aventure et explore de bien sombres futurs avec *Nox*.

Découvrez aussi chez Syros

la collection SOON

Des histoires de futurs pour réinventer le présent

www.syros.fr/soon/

DÉJÀ PARUS

À mille milles de toute terre habitée
Ange

La course éperdue d'espoir d'un adolescent. Un roman bouleversant sur la solitude, les ombres du passé et l'amour qui défie le temps.

L'Arche des derniers jours
Éric Simard

Une histoire fabuleuse aux couleurs de la mythologie. Un combat âpre pour la liberté, un roman poignant sur les liens mystérieux qui unissent l'homme à l'animal, un conte cruel sur les dérives de la science.

Les Clefs de Babel
Carina Rozenfeld

Une quête haletante à l'écriture rythmée et aux multiples rebondissements, dans un angoissant univers post-apocalyptique. Mais aussi un précieux message d'espoir et de tolérance.

ÉdeN en sursis

Jeanne-A Debats

Un roman d'aventure riche en péripéties et pétillant d'humour, dont l'action se passe sur une planète étrange et fascinante. Un message écologique clair : face à la cupidité de certaines multinationales, notre Terre est en sursis !

Le Mensonge dans les veines

Michaël Espinosa

Un thriller futuriste au rythme trépidant, qui touche le lecteur dans ce qu'il a de plus intime – son corps – et pose le problème des dangers liés aux nanotechnologies.

La Ballade de Trash

Jeanne-A Debats

Une odyssée terrifiante dans les bas-fonds d'une société post-apocalyptique, si proche de la nôtre pourtant, un roman mémorable porté par une héroïne d'exception.

***Le Signe de K1*, tome 1 : « Le Protocole de Nod »**

***Le Signe de K1*, tome 2 : « Le Temps des *TsahDiks* »**

Claire Gratias

Un roman d'aventure digne des plus grandes épopées futuristes, où se mêlent subtilement voyage dans le temps, pouvoirs paranormaux, manipulation politique et amour fou...

Le bout du monde

Loïc Le Borgne

Un stupéfiant roman d'anticipation humaniste, où les univers quantiques rejoignent les légendes aborigènes, et *Le Bateau ivre* d'Arthur Rimbaud...

Imago

Nathalie Le Gendre

Un roman d'anticipation spectaculaire, dans un monde exotique et fabuleux. Une héroïne éprise de liberté face à son destin.

La fille de mes rêves

Christophe Lambert et Sam VanSteen

Une comédie irrésistible, riche en quiproquos savoureux. Un thriller haletant où l'imbrication des vies réelle et virtuelle donne le vertige.

Des yeux dans le ciel

Jean-Marc Ligny

Un roman d'initiation qui met en scène deux civilisations que tout oppose, par un maître de la science-fiction.

Théa pour l'éternité

Florence Hinckel

Le destin hors normes de Théa, jeune cobaye d'un programme visant à stopper le vieillissement. Un roman déroutant d'une évidente actualité.

Mis en pages par DV Arts Graphiques à La Rochelle
Achevé d'imprimer en France par CPI Bussière
à Saint-Amand-Montrond (Cher)
Dépôt légal : avril 2013
Loi n° 49.956 du 16 juillet 1949
sur les publications destinées à la jeunesse
N° d'édition : 10197002
N° d'impression : 2002375